뉴 어스 프로젝트

뉴어스 프로젝트

NEW EARTH PROJECT

다비드 무아테 지음 | 이세진 옮김

라임

차례

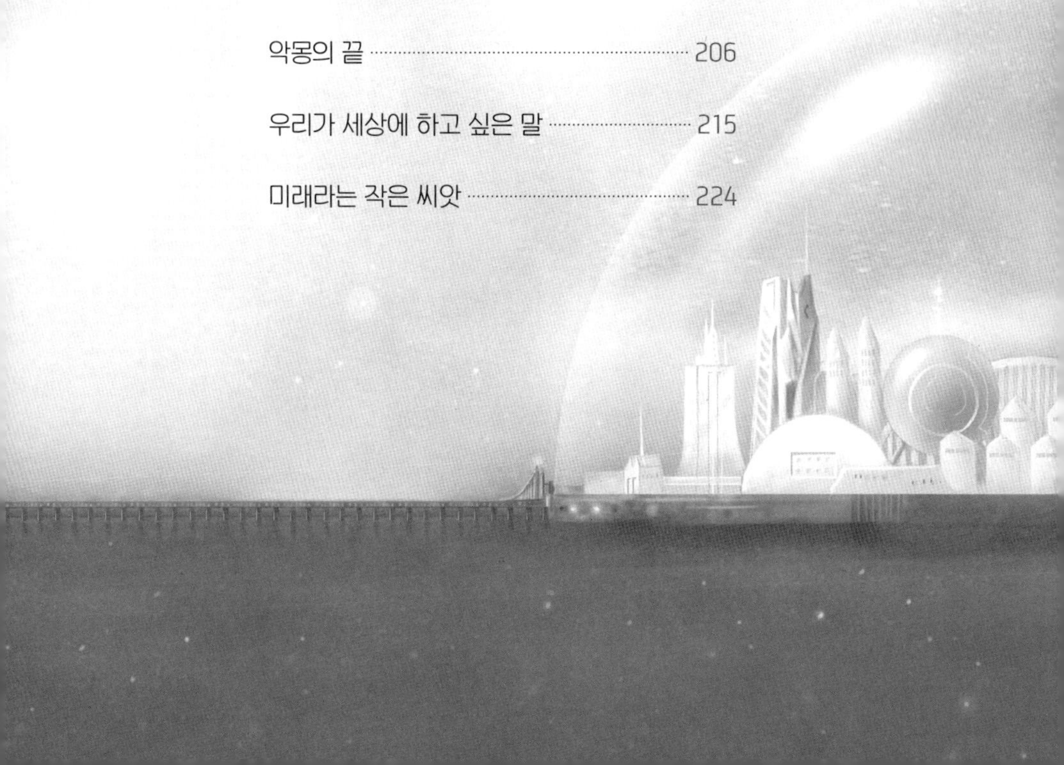

프롤로그

2115년 여름

아서 C. 파커는 지금 기분이 날아갈 듯했다. 몇 년간 공들인 끝에, 마침내 최초의 월드스페이스십을 쏘아 올릴 준비가 끝났다. 아서는 소형 우주 왕복선에 탑승한 사람들과 일일이 인사를 나누었다.

미국 대통령은 유럽 연합 대통령과 대화를 나누고 있었고, 아랍 에미리트 대표와 중국 대통령은 시야를 가리는 것 없이 탁 트인 지구의 전망을 즐기고 있었다. 이곳에서는 수천 개의 별을 한눈에 볼 수 있었지만, 다들 그쪽은 안중에 두지 않고 몸을 뒤로 틀어 지구를 구경하기 바빴다.

아서 또한 다르지 않았다. 누구보다 멀리 보아야 할 사람 중 한 명이었으니까. 그는 오랫동안 지구에서 눈을 떼지 못했다.

"정말 근사하지요?"

"굉장하군요."

아서가 창가로 다가가면서 묻자, 러시아 대통령이 감탄을 금치 못하는 얼굴로 대꾸했다.

"정말로 굉장한 게 뭔지 아십니까? 그건 우리가 하나의 프로젝트를 위해 이렇게 한자리에 모였다는 겁니다."

"아서, 다 당신 덕분이오. NEP(New Earth Project)가 우리의 아름다운 행성을 구원할 겁니다. 당신의 이름은 역사에 길이 남을 거예요!"

"아직 해야 할 일이 남아 있긴 하지만 거의 다 되었다고 보면 됩니다. 아, 저기 월드스페이스십이 보이는군요."

사람들의 시선이 한꺼번에 파커 기업의 우주선 건조 현장으로 쏠렸다. 왕복선이 막 우주선을 조립하는 두 대의 거대한 기계 사이로 통과했다.

"지금 여러분이 보고 계신 월드스페이스십들은 완성도가 각기 다릅니다. 바로 앞에 보이는 것은 완성되기까지 아직 일 년여 정도 남았습니다."

여기저기에서 감탄이 섞인 휘파람 소리가 쏟아졌다.

"모든 공정은 자동화되어 사람의 개입은 최소한으로 하고 있습니다. 오류의 발생을 줄이고 인명 손실을 막기 위해서지요."

"우리가 보는 게 정말 월드스페이스십인가요?"

중국 대통령이 묻자, 아서가 자신만만한 표정으로 대답했다.

"네, 그렇습니다. 이 VM-001호는 앞으로 생산될 월드스페이스십 시리즈의 1호기입니다. 좀 더 자세히 보실 수 있도록 월드스페이스십

바로 위쪽으로 비행하겠습니다. 건조 현장으로 접근하고 싶으신 분은 취재용 셔틀 왕복선을 이용하시면 됩니다. 근처에 대기 중인 셔틀이 많이 있습니다."

아서는 왕복선이 속도를 늦추어 월드스페이스십 위쪽을 지나는 동안 천천히 설명을 이어 갔다.

"그야말로 기술로 일궈 낸 경이라고나 할까요? 필요한 것들은 모조리 갖춰져 있는 진짜 도시나 다름없습니다. 뉴 어스로 이주하는 우주 여행이 아무리 오래 걸린다 해도 전혀 문제없지요."

지구에서 가장 영향력 있다는 각국의 정상들은 어린아이처럼 창문에 얼굴을 딱 붙이고서 거대한 원기둥을 뚫어져라 바라보았다. 이른바 '뉴 어스'라는 이름의 외계 행성 '입실론 145B'로 지구인들을 데려갈 우주선이었다. 세계 각국은 지난 30년간 뉴 어스 프로젝트에 어마어마한 재정을 지원했다. 이 프로젝트의 목표는 지구인을 다른 행성계, 즉 미래가 있는 엘도라도로 이주시키는 것이었다.

지구는 한계에 다다랐다. 공해, 온난화, 그리고 인구의 폭발적인 증가는 자연이 오랜 세월에 걸쳐 이룩한 균형을 야금야금 무너뜨렸다. 지금이라도 힘을 합쳐서 지구를 구해야 한다고 목소리를 높이는 환경 운동 단체가 많았지만, 각국 정상들은 NEP가 유일한 답이라고 생각했다.

그들은 결국 매주 백만 명의 지구인들을 뉴 어스로 보내기로 합의했다. 지구의 열 배 크기에 이르는 뉴 어스는 지구인들을 충분히 수용할 만했다. 곧 지구를 떠날 개척자들은 현재 대부분의 지구인이 겪고 있는 비참한 가난에서 벗어날 기회를 먼저 잡을 터였다.

이 엄청난 계획은 대부호 기업인 아서 C. 파커의 주도하에 드디어 결실을 보게 되었다. 로봇 공학 분야를 선도하는 이 사업가는 전 세계 주요 국가에게 신세계 이주 프로젝트에 협력할 것을 적극 요청했다. 그리고 이제 몇 시간 후면 최초의 개척자들이 희망에 부푼 가슴을 안고 지구를 영영 떠날 터였다.

"보시다시피 월드스페이스십은 원기둥 모양입니다. 무중력 상태에서 몇 년씩 사는 건 불가능하기 때문에 인공 중력을 발생시키기 위해선 계속 자전을 해야만 하거든요. 그러기 위한 최적의 형태이지요."

"세상에, 거대하기도 하네요!"

러시아 대통령이 아서의 말을 끊고 한마디 했다.

"총 길이가 5킬로미터니까요. 백만 명을 태우려면 그 정도는 되어야죠. 저기 중앙에 자리한 온실이 보이시나요? 농작물도 키우고 녹지도 누릴 수 있으니, 그야말로 일석이조입니다. 우주선 내의 공원에는 백여 년 된 나무들을 구해서 옮겨 심었어요. 월드스페이스십에는 이렇게 필요한 것이 다 갖춰져 있습니다. 병원, 영화관, 쇼핑센터도 있지요. 기나긴 여행을 최대한 쾌적하게 보낼 수 있도록 아주 작은 부분도 놓치지 않았거든요."

"스페이스십은 재사용이 가능합니까?"

그때 미국 대통령이 제법 날카로운 질문을 던졌다.

"부디 그럴 수 있기를 바랍니다. 아니, 꼭 그렇게 되어야지요. 월드스페이스십을 매주 한 대씩 뉴 어스로 보내려면 앞으로 수백 대를 생산하긴 해야 합니다. 뉴 어스까지 갔다가 지구로 되돌아오는 데만 거의 12년이 걸리니까요. 일단 돌아와야 다시 출발하든가 말든가 하겠지요?"

아서는 손님들에게 그들만의 시간을 잠시 주고는 아들에게로 다가갔다. 다섯 살배기 오라이언은 한 손에 인형을 꼭 움켜쥔 채 창문에 얼굴을 딱 붙이고 있었다. 밀밭 같은 금빛 머리칼을 가진 아이의 깊고 푸른 눈에는 총기가 가득했다.

"어때, 오라이언? 경치가 무척 좋지?"

오라이언이 고개를 힘차게 끄덕였다.

"최고로 멋져요!"

"언젠가는 네가 아빠 대신 NEP를 이끌게 될 거야. 우리가 지구를 구해야 하거든!"

"네, 아빠. 그런데 저기 저 작은 우주선이 지금 큰 우주선 안으로 들어가는 거예요?"

아서는 오라이언의 질문에 눈썹을 치켜세웠다. 위험천만하게도 셔틀 한 대가 월드스페이스십으로 접근하고 있었다. 망할 놈의 취재용 셔틀이 특종 욕심 때문에 무리를 하는 듯했다. 아서는 화가 나서 구시렁거리며 송신기를 켰다.

"니타, 스페이스십에 과도하게 접근하는 취재용 셔틀이 있어. 초기 비행 모드로 복귀하라고 말해 주겠나?"

"네, 알겠습니다."

잠시 후, 수행원의 목소리가 스피커에서 흘러나왔다. 목소리가 자못 심각했다.

"연락이 되지 않습니다. 저쪽에서 일부러 통신을 끊은 것 같은데, 경비 부대를 출동시킬까요?"

아서는 잠시 망설였다.

"대표님?"

"아니야, 그렇게까지 할 필요는 없어."

"하지만 테러리스트가 탑승했을지도 모릅니다. 이미 수차례 협박을 받은 상황인데……."

"그냥 두라니까!"

사람들의 시선이 일제히 자신에게 향하자, 아서는 일부러 미소를 살짝 지어 보였다. 그는 셔틀이 월드스페이스십에 충돌해 폭발하는 순간까지도 미소를 잃지 않았다.

"맙소사! 자살 테러다!"

유럽 연합 대통령이 고함을 지르자, 여기저기서 비명이 터져 나왔다.

산산이 부서진 셔틀의 잔해가 우주 공간에 흩뿌려졌다. 그런데도 아무 소리가 나지 않아서 사람들은 더욱더 경악했다. 우주에서는 뭔가 스치는 소리조차 들리지 않았다. 월드스페이스십이 입은 타격은 거의 없어 보였다. 충돌 지점에 시커먼 얼룩 같은 것이 얼핏 보였지만, 유지 보수 팀 로봇들의 일사분란한 움직임에 금세 가려졌다.

"작은 우주선만 부서지고, 큰 우주선은 하나도 안 망가졌어요."

오라이언이 천진난만한 얼굴로 말하자, 아서는 의기양양한 표정으로 고개를 끄덕였다.

"그래, 맞아. 자, 여러분도 우리 월드스페이스십이 얼마나 견고한지 잘 보셨지요? 운석과 부딪쳐도 끄떡없을 만큼 튼튼합니다. 우리가 지구를 떠나는 데 아무 문제가 없다는 뜻이지요. 이 아름다운 모험을 방해할 생각밖에 없는 극단주의자들이 우리를 막을 방법은 전혀 없습니다!"

"우아, 아빠! 저기 봐요. 꼬마 로봇들이 큰 우주선에 다시 색칠을 했어요. 오라이언의 O자를 그린 것 같아요."

오라이언이 방방 뛰며 소리쳤다.

아서는 언짢은 표정으로 월드스페이스십을 바라보았다. 유지 보수를 담당하는 원격 조종 로봇들이 칠한 색이 원래의 색과 미묘하게 달라서 덧칠한 티가 났다. 완벽주의자인 아서는 그게 영 마음에 들지 않았다. 자재 팀 책임자들에게 확실히 말해 두어야겠다고 생각하며 애써 표정을 가다듬었다.

모든 일에는 때가 있는 법이었다. 지금은 그런 일까지 신경 쓸 겨를이 없었다. 전 세계의 수십억 인구가 시청할 역사적인 연설 방송까지 몇 분밖에 남지 않았던 것이다. 아서는 오라이언을 유모에게 맡긴 뒤 기자들에게로 걸음을 옮겼다.

저지대 빈민가의 아침

10년 후, 2125년

나는 아침에 늦잠 자는 걸 좋아한다. 푹신한 이불에서 빠져나가야 할 때를 찔끔찔끔 미루면서 시간을 훔치는 듯한 기분을 느끼는 게 좋다. 모두 바쁘게 움직이는 동안, 노곤하게 늘어진 밤을 좀 더 붙잡아 놓는 것이다. 안타깝게도 이런 특권을 자주 누릴 수는 없지만 말이다.

아이시스는 속옷만 걸친 채 침대에 엎드려 뭉그적댔다. 이 민망한 꼬락서니에는 다 그럴 만한 이유가 있었다. 올해 뉴욕의 여름은 정말이지 살인적으로 더웠다. 빌어먹을 지구 온난화가 이 정도로 심해지기 전에는 그나마 사람이 살 만한 날씨였다는데, 요즘 여름은 평균 기온이 40도인 데다, 겨울에도 25도 밑으로 내려가는 법이 없었다. 사람이 살아도 사는 게 아닌 날씨였다.

물론 돔 안에 사는 사람들은 아무 문제가 없었다. 그들의 집은 널찍널찍해서 통풍이 잘 될 뿐만 아니라 에어컨도 쌩쌩 돌아가니까…….
하지만 그건 아이시스와는 아무 상관 없는 다른 세상 이야기였다.

그나저나 지금 몇 시나 됐을까? 아이시스는 기지개를 켜며 침대에서 일어났다. 창문 너머로 은은한 빛이 방 안에 스며들었다. 하늘은 공해로 늘 탁하기 때문에 태양을 보고 지금 몇 시인지 가늠하는 건 불가능했다. 그저 더위로 숨이 막힐 지경이어서 해가 떠 있는가 보다, 생각할 뿐이었다. 아이시스는 간밤에 새벽 1시까지 공부를 했다. 오늘 학교에서 수학 시험이 있을 예정이기 때문이었다.

원래 아이시스처럼 가난한 집 아이들은 학교에 다닐 수가 없었다. 학교는 '언터처블(Untouchable, 건드릴 수 없는 자)'이라고 불리는 돔에 사는 사람들만 다녔다. 하지만 몇 년 전에 정부가 정의 실현 차원에서 사회적 지위 상승의 기회를 열어 놓는다는 취지로, 일부 빈민가 아이들의 입학을 허용했다.

3년에 딱 한 번, 일곱 살에서 열 살 사이의 아이들이 시험을 치른 뒤 그 가운데서 가장 우수한 아이들만 학교에 특례 입학을 했다. 이 동네에서는 아이시스를 포함해 딱 두 명이 뽑혔다. 학교에 들어가는 행운을 어렵사리 잡아 놓고서 공부를 설렁설렁 할 수가 없었다. 졸업장을 따지 못하면 이 구질구질한 동네에서 벗어나는 것이 불가능해질 테니까.

"누나, 지각하겠어!"

남동생 재크가 소리를 빽 질렀다. 이제 여섯 살이 된 녀석은 지독한 말썽꾸러기지만, 엄마 아빠는 입버릇처럼 재크 정도면 순한 거라고 말하곤 했다. 아이시스는 손을 뻗어 바닥을 더듬거리다가 양말 한 켤레를 집어서 재크의 머리통에다 홱 집어 던졌다.

"꺼져, 이 땅꼬마야!"

재크는 가뿐하게 양말을 피했다. 비몽사몽만 아니었으면 명중시켰을 텐데. 아이시스는 가까스로 정신을 차리고서 시계를 확인한 뒤 소스라치게 놀라 눈을 번쩍 떴다. 재크가 놀리려고 거짓말을 한 줄 알았는데……. 진짜였다.

"이런 쓰나미 같은!"

이 말이 얼마나 심한 욕인지 설명하려면, 일단 아이시스 가족이 뉴욕의 수상 가옥 판자촌에 산다는 얘기부터 해야 한다. 이곳은 동부 해안 지역에서 가장 큰 판자촌이다. 지구 온난화로 해수면이 20미터 이상 높아지면서 맨해튼의 고층 건물의 저층은 모두 물에 잠겼다. 아이시스도 그런 워터존, 즉 저지대에 살고 있었다. 그러니까 그들에게 쓰나미보다 더 심한 욕은 더 이상 없는 셈이었다.

아이시스가 우수한 성적으로 학교를 졸업한다면 고층 건물의 상층에 집을 구하거나 물에 잠기지 않는 동네, 요컨대 육지로 이사를 갈 수 있을지도 모른다. 하지만 좋은 성적을 받으려면 지금 침대에서 총알처럼 튀어 나가는 게 먼저였다. 기껏 어젯밤 늦게까지 공부를 해 놓고서 정작 수학 시험을 놓치게 생긴 것이었다.

아이시스는 후다닥 일어나 볼품없는 회색 셔츠와 회색 치마를 챙겨 입었다. 네모난 타이를 묶는 둥 마는 둥 대충 목에 두르고는 가방에 학용품을 마구잡이로 쑤셔 넣었다. 그러고는 주방 겸 거실로 재빨리 뛰어나와 엄마 이마에 뽀뽀를 하고선 집 밖으로 냅다 달려 나갔다.

"해조 달인 물이라도 마시고 가!"

아이시스 엄마가 뒤통수에 대고 소리쳤다.

"꾸물거릴 시간이 없어요. 지각한단 말이에요!"

아이시스는 뒤도 돌아보지 않고 대답한 뒤 앞만 보며 뛰었다. 임시변통으로 조악하게 지은 집들 사이를 달려가면서 속으로 시간을 가늠했다. 학교까지의 거리는 2킬로미터, 어떻게든 10분 안에 정문을 통과해야만 했다. 그러려면 미친 듯이 속도를 내는 수밖에 없었다.

아이시스가 모퉁이에서 난데없이 튀어나오는 바람에 부딪칠 뻔해서 툴툴거리며 욕지거리를 내뱉는 사람도 있었다. 하지만 대부분은 교복을 보고서 너그럽게 이해해 주었다. 사람들은 자기 동네에서 특례입학자가 나왔다는 사실을 꽤 자랑스럽게 여겼다.

아이시스는 저지대를 빠르게 벗어나며 뒤를 흘낏 돌아보았다. 다닥다닥 붙어 있는 판잣집들의 숲 뒤로 자유의 여신상의 한쪽 팔이 해수면에서 45도 각도로 툭 튀어나와 있는 게 보였다. 자유의 여신상은 20여 년 전에 무너졌는데, 어른들 말로는 심하게 노후되어서 파도에 버틸 수 없었다고 한다. 아이시스는 여신상이 우뚝 서 있던 시절의 옛날 사진을 본 뒤로, 단 한 번만이라도 온전한 모습을 볼 수 있으면 좋겠다고 생각하곤 했다. 물론 불가능한 일이라는 걸 잘 알지만.

육지로 넘어오자 물 위에 둥둥 떠 있는 널빤지 다리를 디딜 때와 달리, 땅을 박차고 달릴 수 있어서 속도가 훨씬 더 붙었다. 몇 분이나 지났을까? 마침내 학교가 보였다. 너저분한 주변 풍경과 어울리지 않게 초현대식으로 지은 건물이 우스꽝스럽게도 유난히 튀어 보였다.

정부 당국은 저지대 아이가 교육 시스템 속에 들어올 자리가 있다는 것을 보여 주기 위해 돔 외부에 공동 학교를 설치했다. 아이시스는 그 설명을 듣고 코웃음을 쳤다. 그냥 저지대 아이들이 자기네 돔 안까지 들어오는 게 싫어서 그랬다고 하지, 솔직하지 못하긴!

죽어라 달렸지만 지각은 피할 길이 없었다. 학교 정문의 망막 인식 시스템에 눈을 갖다 대고 기다리자 '지각, 지각입니다. 이마퀼레 시시 무케바.' 하는 선고가 떨어졌다. 이윽고 문이 열렸다. 이마퀼레 시시 무케바는 아이시스의 본명이었다. 아이시스는 부모님이 자기 이름을 짓던 날, 감자술에 떡이 되도록 취했던 게 분명하다고 확신했다. 그래서 그 부끄러운 본명 대신 '아이시스'라는 이름을 쓰고 있었다.

아이시스가 출입 관리 구역으로 들어가 분무기 앞에 서자 소독약이 사방을 꽉 채웠다. 매일 겪는 일이지만 좀처럼 적응이 되지 않았다. 냄새도 너무 싫었다. 하지만 언터처블들에게 세균을 옮기기라도 하면 안 되니까, 소독을 마친 후에야 운동장으로 나갈 수 있었다. 교실은 반대편 끝에 있었다. 아이시스는 학교 건물을 따라 다시 달리기 시작했다.

약속의 땅, 뉴 어스

오라이언은 자동차 시트 팔걸이를 초조하게 두드리면서 미란다 베르손을 기다렸다. 대체 아버지는 왜 미란다 엄마의 제안을 덥석 받아들였을까? 미란다의 집안은 오라이언네 못지않을 만큼 어디 내놔도 꿇리지 않는 부자였다. 그런 집에서 운전기사를 두는 것쯤은 일도 아닐 텐데, 미란다 엄마는 오라이언이 매일 아침 자기 딸과 등교를 함께 하면 좋을 것 같다며 고집을 부렸다.

미란다가 오라이언에게서 한시도 눈을 떼지 못한다는 사실을 모르는 이들은 없었다. 수영장처럼 새파란 눈동자에 금발 머리를 어깨까지 늘어뜨린 미란다는 꽤 예쁘장한 소녀로, 오라이언과는 친남매로 보일 만큼 닮았다. 하지만 자기밖에 모르는 데다 얄팍하게 구는 면이 있었다. 오라이언은 매사를 자기 본위로만 생각하는 미란다에게 질릴 대로 질렸지만, 대놓고 그런 얘기를 하지는 않았다.

오라이언은 웅장한 베르손 가의 저택을 물끄러미 쳐다보았다. 그의 집만큼이나 커다란 그 집은 미국 내에서 부동산 가격이 가장 비싼 1번 돔의 중앙 언덕 꼭대기에 자리하고 있었다. 잘 관리된 정원과 끝이 보이지 않는 수영장까지 갖춘 집은 어딘지 모르게 중세 유럽의 성을 떠올리게 했다. 돔 지붕에서 태양 광선을 제법 그럴듯하게 모방한 인공 조명이 내리쬐는 까닭에 풍경이 더욱 아름다워 보였다.

쾌적하고 서늘한 돔의 안전문을 벗어나는 순간부터 해가 보이지 않는 잿빛 하늘을 피할 길이 없지만, 돔 안에서만큼은 모든 것이 눈부시게 아름다워서 흠잡을 데 없이 완벽했다. 이곳에서만큼은 저 바깥세상을 지배하는 혼돈을 '거의' 잊고 살 수 있었다.

잠시 후, 미란다가 나타났다. 시간이고 뭐고 자기 알 바 아니라는 듯이 유유자적하게 걸어오는 걸 보고 오라이언은 한숨을 푹 내쉬었다.

"안녕, 오라이언."

"안녕, 미란다. 우리 지각이야."

"뭐 어때? 머리를 망쳐서 다시 만지느라고 좀 늦었어."

미란다는 방탄차 차창에 비친 자기 모습을 만족스럽게 바라보았다.

"교복 디자인이 영 밋밋해서 남들과 달라 보이려면 공을 들여야 하거든. 나, 오늘 어때?"

"괜찮아."

오라이언은 예의상 대꾸한 뒤 미란다에게 얼른 타라고 손짓을 했다.

"지각 걱정은 하지 마. 우리에겐 최고의 운전기사 오스카가 있잖아.

좀 꾸물대도 오스카가 다 만회해 줄 거야. 그렇죠?"

"네, 아가씨."

운전기사가 대답하면서 미란다를 서둘러 뒷좌석에 태웠다.

그러나 제아무리 속도위반을 한다 해도 제시간에 학교에 도착할 가망은 없어 보였다. 자동차는 들릴 듯 말 듯하게 슝 소리를 내며 출발했다. 수소 엔진이 부드럽게 가르랑거렸다. 운전기사는 도로 위의 차량 사이를 솜씨 좋게 빠져나와 최단 기록을 세우면서 돔을 벗어났다. 오라이언이 학교까지 몇백 미터밖에 남지 않은 걸 확인하고는 버튼을 눌러 차창을 어둡게 만들었다.

"늘 궁금했는데, 대체 왜 그러는 거야?"

미란다가 무슨 바람이 불었는지 휴대폰의 손거울 기능을 끄면서 물었다.

"아침부터 더럽고 비참한 모습을 보고 싶지 않은 것뿐이야."

오라이언의 말이 끝나기 무섭게 자동차가 속도를 늦추더니 아예 멈춰 섰다.

"오스카, 벌써 도착했나요?"

"아뇨, 도련님. 문제가 좀 생겼어요. 사람들이 도로를 점거하고 있어요."

"어휴, 끝내주는군."

오라이언은 이마를 찌푸리며 짜증스럽게 말을 내뱉은 뒤, 차창을 다시 투명하게 바꾸어 바깥을 살폈다. 과연, 길이 완전히 막혀 있었다. NEP 식량 배급 트럭 때문에 난리가 난 것 같았다. 족히 백 명은 되어 보이는 사람들이 미식축구 경기라도 하듯이 스크럼을 짜고 트럭 주위에 모여 있었다. 다들 에너지바 한 덩이, 말린 곤충 한 상자를 얻기 위해서라면 몸싸움도 불사할 기세였다.

오라이언은 낡아 빠진 고층 빌딩과 거리를 나뒹구는 쓰레기, 그리고 점점 더 과격하게 행동하는 군중을 차례로 바라보았다. 문득 고개를 들어 보니 반쯤 무너진 건물의 한쪽 면 전체를 차지하는 거대한 전광판에서 NEP 광고가 흘러나오고 있었다.

지금 당장 운명의 제비를 뽑아 보세요!

이번 주, 당신이 뉴 어스행 티켓을 차지할 주인공 중 한 명이 될지도 모릅니다. 당첨자는 가족과 함께 지구를 떠날 수 있으며, 뉴 어스에 도착하는 대로 10만㎡의 토지와 집을 제공받게 됩니다.

뉴 어스에서 여러분은 두 번 다시 굶주리지 않을 것입니다.

약속의 땅, 뉴 어스가 여러분을 기다리고 있습니다!

곧이어 무성한 식물들에 둘러싸인 채 환하게 미소 짓는 개척자들의 사진이 주르르 떴다. 두 개의 태양이 하늘 높이 떠 있을 뿐, 공해의 그림자는 어디에서도 찾아볼 수 없었다. 광고 속의 선명한 사진과 지금 눈에 비치는 지구의 비참한 잿빛 광경이 이루는 대조는 노골적이다 못해 민망할 지경이었다. 오라이언은 자기도 모르게 얼굴을 찡그렸다.

오라이언의 시선을 좇던 미란다가 다시 말을 걸었다.

"어제저녁에 월드스페이스십 522호 발사하는 거 봤어?"

"아버지가 대통령과 함께 NEP 10주년 기념회를 주최했는데 안 볼 수가 있겠어? 기분이 무척 좋아 보이시더라. 뭐, NEP가 지구를 구할 거라고 확신하는 분이니까……."

"왜? 너는 그렇게 생각하지 않아?"

"아냐, 당연히 나도 그렇게 생각하지."

"어쨌든 NEP 덕분에 5억 명이나 되는 가난뱅이들이 더 나은 삶을 찾아 떠났잖아."

"그래, 인생에서 6년이나 되는 긴 시간을 꼬박 여행에 바치면서 지구를 떠나는 조건으로 말이지. 내가 그 사람들 입장이라면 그런 선택을 할 수 있을지 잘 모르겠어."

"우리가 그런 고민을 왜 해? 우린 언터처블이잖아, 저들과는 확연히 다른……."

미란다가 건방진 태도로 차창 밖의 군중을 손가락질했다.

NEP 식량 배급 담당 직원들이 사람들에게 질서를 지키지 않으면 트럭 문을 열지 않겠다고 엄포를 놓았지만, 사태는 쉬이 진정될 것 같지 않았다.

미란다가 짜증 섞인 목소리로 운전기사에게 물었다.

"오스카, 강제로 돌파할 수 없어요? 이번 주에만 벌써 두 번째예요. 이러다 지각하겠어요."

"아가씨, 아무래도 힘들 것 같습니다."

밖에서 당장 트럭을 열고 먹을 것을 내놓으라는 고함이 터져 나오며 소란이 일었다. 그러자 미란다가 버럭 성질을 냈다.

"하여간 점잖게 행동할 줄을 몰라. 못 배운 사람들은 어쩔 수가 없다니까?"

"아가씨, 굶어 죽을 지경에 놓여 처지가 절박한 사람들이니 너그럽게 이해해 주세요."

운전기사가 용기를 내어 한마디 했지만 미란다는 눈도 꿈쩍하지 않았다.

"아니, 그러면 일을 해서 돈을 벌면 되잖아요! 그냥 전진해요. 차에 치여 죽고 싶지 않으면 알아서 피하겠죠."

하지만 운전기사는 무리해서 군중을 돌파할 마음이 전혀 없었다. 그건 너무 위험한 일이었다. 그는 군중의 심정을 충분히 이해하고도 남았다. 그렇지만 일자리를 잃고 싶지는 않았다. 이 일이 없다면 그도 에너지바 한 개를 얻기 위해 죽기 살기로 싸우는, 저 비참한 사람들과 똑같은 신세가 될 터였다.

마침내 트럭 문이 열리고 배급이 시작되었다. '배급'보다는 '몸싸움'이 더 적절한 표현일 테지만. 난리도 그런 난리가 없었다. 식량 상자를 움켜쥔 사람들은 소중한 전리품을 더 힘센 자에게 빼앗기지 않으려고 죽어라 도망을 쳤다. 어떤 이들은 길바닥에 넘어지는 바람에 다른 사람들에게 마구 짓밟혔다. 불과 몇 분 만에 트럭 문이 다시 닫혔다. 식량이 그새 동이 난 것이었다. 분노의 함성이 들끓었다. 아무것도 차지하지 못한 사람들은 빈손으로 돌아가려 하지 않았다.

"오늘 배급은 끝입니다! 진짜 아무것도 남은 게 없어요!"

트럭 운전사가 양해를 구했지만, 배고픔에 눈이 뒤집힌 사람들에게 그 말이 들릴 리 없었다. 사람들은 트럭으로 우르르 달려가 차체를 흔들기 시작했다. 트럭이 곧 뒤집힐 것처럼 위태롭게 덜컹거렸다.

"얼른 가요, 오스카! 야만인 한 명쯤 차에 치여도 상관없으니까!"

"저기 MP가 출동했어요."

미란다가 날카롭게 소리를 지르자 운전기사가 손가락으로 차창 너머를 가리켰다.

MP(Motorized Police)는 파커 사가 생산하는 최첨단 로봇 경찰이었다. 오토바이와 휴머노이드의 일체형으로, 누구보다 신속하게 현장에 출동한 뒤 바퀴를 등 안으로 접어 넣고 이족 보행 로봇 모드로 전환했다. 기동력과 완력이 뛰어난 데다 타협이라곤 전혀 모르는 MP의 등장은 경찰 업무를 혁신적으로 바꾸어 놓는 것은 물론, 인간 경찰 조직의 해체를 불러왔다.

MP 다섯 대가 순식간에 트럭을 에워싸자 사람들이 곧장 비명을 질러 댔다. 이들이 얼마나 무자비한지 모두 잘 알고 있었다. MP는 인내심이라는 것을 몰랐고, 걸핏하면 불상사를 일으키는 것으로도 유명했다.

"즉시 해산할 것을 명령한다. 정확히 1분 후 검거에 들어가겠다."

사람들의 눈에 어린 분노가 순식간에 공포로 바뀌었다. 불과 30초 만에 트럭 주위에 몰려 있던 사람들이 뿔뿔이 흩어졌다. 이제 현장에는 두 명밖에 남지 않았다. 열 살 남짓한 남자아이가 땅에 떨어진 식량 봉지에서 부스러기를 주워 먹고 있었다. 아이는 식량을 허겁지겁 입안에 쑤셔 넣기 바빴다. 거기서 조금 멀찍이 떨어진 보도에서는 할머니가 울고 있었다. 보란 듯이 통곡하는 게 아니라 세월에 닳고 닳은 두

뺨 위로 주체할 수 없는 절망의 눈물이 찐득하게 흘러내리고 있었다.

오라이언은 할머니가 자신의 차를 뚫어져라 쳐다보고 있다는 것을 눈치챘다. 마치 자신의 눈을 똑바로 들여다보는 것만 같았다. 할머니는 지금 당장이라도 굶어 죽게 생겼지만, 오라이언은 바로 어젯밤에도 값비싼 케이크로 배를 채운 특권층, 그러니까 언터처블 중에서도 언터처블이었다. 물론 할머니가 정말로 자기를 들여다볼 수는 없다는 것 정도는 오라이언도 잘 알고 있었다. 방탄차 차창은 선팅이 되어 있어서 밖에서는 결코 안을 들여다볼 수 없었다. 하지만 그 절망 어린 눈빛은 오래도록 생각이 날 것 같았다.

운전기사는 MP가 현장에서 철수할 때까지 기다렸다가 다시 학교로 차를 몰았다. 물론 지각은 피할 수 없었다. 미란다와 오라이언은 차에서 내린 뒤 정문을 향해 뛰어갔다. 교실과 가까운 쪽의 언터처블 전용 출입구를 이용하기 때문에 망막 인식 따위는 필요 없었다.

오라이언이 문 앞까지 와서 멈칫하자 미란다가 의아해하며 물었다.

"왜 그래?"

"먼저 가. 뒤따라 갈게. 가방을 차에 두고 내렸어."

오라이언은 차로 돌아갔다. 가방을 두고 내리다니, 그답지 않은 일이었다. 문득 아까 본 할머니의 눈빛이 생각나서 소름이 쫙 끼쳤다. 그는 가방을 메고 다시 교실을 향해 힘차게 내달렸다.

학교 건물에 거의 다다랐을 때, 갑자기 모퉁이에서 그림자가 튀어나와 오라이언과 툭 부딪쳤다. 오라이언은 비명을 지르면서 엉덩방아를 찧고 말았다.

그레이와 언터처블

"학교는 사회적 출신에 얽매이지 않고, 각자의 가능성을 최대한 계발할 수 있는 신성한 장소이다."

이게 우리 학교 교훈이다. 나는 이 교훈이 좋다. 현실은 영 딴판이지만.

아이시스는 학교 건물 모퉁이에서 사람이 튀어나올 거라고는 조금도 예상하지 못했다. 상대방도 전속력으로 뛰어오던 중이었는지, 두 사람은 무척 세게 서로를 들이받고 바닥에 그대로 엎어져 엉덩방아를 찧었다. 아이시스는 자신과 부딪쳐 넘어진 학생이 언터처블인 걸 확인하고는 순간적으로 머릿속이 새하얘졌다.

하필이면 자신이 뛰어가던 길이 언터처블 이동로와 겹친 것도 문제였지만, 설상가상으로 상대는 언터처블 중의 언터처블이었다. 오라이언 파커, 지구상에서 가장 부자이거나 그 비슷한 축에 든다는 아서 C. 파커의 아들이었다. 아이시스는 학교 입구에 걸려 있는 팻말을 멍하니 쳐다보았다. 거기에는 저지대 출신 학생과 언터처블의 신체적 접촉을 엄격하게 금지한다는 문구가 씌어 있었다. 아이시스는 빨간색으로 경고하듯 새겨져 있는 글을 다시 읽어 보았다.

> 이 학칙을 위배하는 학생에게는 강력한 처벌이 따르며, 최악의 경우에 퇴학 조치까지 당할 수 있다.

아이시스는 숨을 크게 들이마셨다. 1초도 안 되는 한순간의 일로, 꿈이 송두리째 날아가 버릴 판이었다. 육지의 아파트여, 좋은 직장이여, 배곯지 않고 사는 삶이여, 안녕. 이제 다 끝났다. 하필 오라이언 파커와 부딪쳐 학교에서 쫓겨나야 하다니……. 부모님이 실망하는 모습이 벌써 눈에 선했다. 아침에 자명종 소리를 듣지 못해서 모든 걸 망쳐 버렸다는 말을 어떻게 해야 하지? 언제나 그랬듯이 일등을 하려고 밤늦게까지 공부한 게 죄라는 말을 어떻게 하냐고…….

문득 이웃집 아주머니에게 들은 말이 떠올랐다.

"더 잘하려고 하다가 망하는 거야. 차라리 성적이 지금보다 좀 처지는 게 나아. 아줌마가 늘 하는 말이지만, 부자들 학교에서 악바리처럼 굴면 더 힘들어져."

맞는 말일지도 몰랐다. 하지만 이렇게 생겨 먹은 걸 어쩌라고? 아이시스는 지는 게 죽기보다 싫었다. 일등이 좋았다. 그래서 일등을 하기 위해 뭐든 악착같이 해냈다. 그리고 공부를 잘하는 건 장점인데, 그걸 감춰야 한다는 건 너무 불공평하다는 생각이 들었다. 아이시스는 약한 모습을 보이기 싫어하는 성격이었지만, 이 순간만큼은 어쩔 수가 없어서 눈물이 핑 돌았다.

"괜찮아? 다쳤니?"

아이시스는 오라이언의 말을 해석하기 위해 재빨리 머리를 굴렸다. 내가 지금 꿈을 꾸고 있는 건가? 얘가 나보고 괜찮냐고 물은 게 맞나? 부딪친 충격 때문에 머리가 어떻게 된 건가?

"어? 응, 괜찮아. 나는 아무렇지도 않아. 그것보다 미안해, 정말!"

달리 무슨 말을 할 수 있을까? 아이시스는 커다란 실수를 했고, 이제 그 대가를 톡톡히 치르게 될 터였다.

멀리서 미란다가 다급하게 달려왔다. 그러고 보니 둘이 아침마다 육지에 있는 아파트 열 채 값과 맞먹는 고급 승용차를 타고 함께 등교한다는 얘기를 들은 것 같았다. 미란다는 얼굴이 무지 예쁜 데다 돈도 썩어 날 만큼 많아서 그야말로 앞날이 창창했다. 그런데 어찌나 밉살스럽게 구는지…… 진짜 밥맛없는 타입이었다.

"이 바보 같은 계집애야, 너 도대체 무슨 짓을 한 거야? 오라이언, 괜찮아? 저 허접한 년이 널 건드렸어?"

미란다가 바닥에 주저앉아 있는 아이시스를 보고서 펄쩍 뛰었다. 말본새하고는!

"미란다, 진정해. 내가 앞을 보지 않고 뛰는 바람에 문 앞에서 살짝 부딪친 것뿐이야. 내 잘못이라고."

"네 잘못? 너, 정신 나갔니? 쟤가 한 짓은 퇴학을 당해도 싸! 지금 당장 교장 선생님께 가서 말할 거야!"

"안 돼!"

미란다가 펄펄 뛰며 난리를 치자 오라이언이 다급하게 말렸다.

아이시스는 자신의 눈앞에서 펼쳐지는 초현실적인 대화를 지켜보면서 어안이 벙벙해 말문이 턱 막혔다.

"왜 안 돼? 이 같잖은 계집애의 몸이 네 몸에 닿았다고. 얘는 우리와 같은 공기를 마실 기회를 얻은 것만 해도……."

"안 돼, 미란다. 내가 한 말 못 들었어? 내 잘못이었다고 분명히 말했지! 얘가 퇴학을 당해서도 안 되고, 교장 선생님이 이 일을 아셔도 안 돼. 나랑 약속해."

"하지만……."

"난 누구에게 강요당하는 거 딱 질색이야. 미란다, 너는 내 친구잖아. 내 결정을 따라 주기를 바라. 자, 약속해."

오라이언이 강경하게 밀어붙이자 미란다는 홱 돌아서더니 아이시스를 매서운 눈길로 쏘아보았다. 아이시스도 미란다의 눈을 잠시 똑바로 쳐다보다가, 자신의 미래가 걸려 있다는 생각에 얼른 내리깔았다.

"좋아. 오라이언, 네가 원한다면 약속할게. 하지만 이마킬레 무케바, 너에겐 경고를 해야겠어. 앞으로 네가 내 눈을 2초 이상 쳐다보면 다른 그레이들과 함께 너절하기 짝이 없는 너네 동네로 쫓아내 버릴 거야."

언터처블들은 저지대에 사는 사람들을 '그레이'라고 불렀다. 회색은 아이시스와 같은 처지의 아이들이 입는 교복의 색깔이자 그들이 사는 세상의 색깔이기도 했다. 어디를 가도 공해를 피할 수 없는 데다 건물, 거리, 사람에게까지 더께가 덕지덕지 들러붙어 있었다. 저지대 사람들의 피부는 흙색과 비슷하고, 걸친 옷 또한 닳고 닳아서 원래의 색을 알아보기 어려웠다. 사실 해가 비치지도 않는 세상에 살면서 굳이 색깔을 고를 필요 따윈 없었다.

그래도 아이시스는 가끔이라도 옷에 신경을 쓰는 몇 안 되는 사람 축에 들었다. 남들과는 달라 보이고 싶었기 때문이다. 어쩌면 외모 때문인지도 몰랐다. 검고 긴 머리카락, 가무잡잡한 피부색, 그래서 더 돋보이는 초록색 눈동자. 아이시스에게 예쁘다고 하는 사람들도 제법 있었고, 가끔 남자애들의 시선을 느낄 때도 있었다. 아이시스는 미란다가 악의를 품고 그레이 운운해도 전혀 개의치 않았다. 자신을 회색이라고 생각하지 않으니까. 아이시스는 자기 안에 오만 가지 색깔이 있고, 어느 색이든 원할 때 꺼내 보일 수 있다고 믿었다.

오라이언이 자리에서 일어나 아이시스에게 손을 내밀었다. 학교 입구에 저 팻말을 괜히 달아 놓은 줄 아나? 그레이는 언터처블을 만질 수 없었다. 아이시스는 양해를 구하는 뜻에서 살짝 미소를 짓고는 스스로 일어났다.

세 사람은 말없이 복도를 걸어 교실로 향했다. 노크를 하고 안으로 들어가자 선생님이 언짢은 표정을 지었다.

"지금이 몇 시인 줄 아니?"

하지만 오라이언을 발견하고는 대뜸 태도가 누그러졌다.

"죄송합니다, 선생님. 거리에서 폭동이 일어나는 바람에 지각을 하고 말았어요."

"너희 셋 다?"

"네, 저희 셋 다 그래서 늦었어요."

선생님은 더 이상 별말을 덧붙이지 않았다. 아이시스와 오라이언, 그리고 미란다는 조용히 각자의 자리로 갔다. 언터처블 둘은 오른쪽으로, 아이시스는 왼쪽으로. 수업은 한 교실에서 듣지만 그레이와 언터처블은 자리가 달랐다.

어쨌거나 아이시스는 내심 오라이언에게 고마웠다. 오늘 아침에 자신을 두 번이나 구해 주었다. 이런 일이 가능할 거라고는 꿈에도 상상하지 못했다. 아이시스는 오라이언 쪽을 흘끔대다가 자신을 잡아먹을 듯이 쏘아보고 있는 미란다와 눈이 마주쳤다. 미란다의 눈에서 레이저가 나온다면, 여기 앉은 채로 박살이 났을 텐데 그렇지 않아서 얼마나 다행인지…….

방과 후, 아이시스는 플린과 함께 집으로 갔다. 얼굴에 늘 미소를 걸고 다니는 꺽다리 플린은 아이시스의 단 하나뿐인 친구였다. 치렁치렁한 갈색 머리칼을 어깨에 아무렇게나 늘어뜨리고 다니는데, 머리를 빗으면 큰일이라도 나는 줄 알았다. 플린은 자신에게도 야성적인 면이 있다는 걸 머리카락으로라도 증명하고 싶어 했다.

또래 중에서 공동 학교 특례 입학 자격을 얻은 저지대 출신은 플린과 아이시스밖에 없었다. 플린은 별 고민 없이 유쾌하게 사는 것처럼 보이지만 사실은 아주 똑똑했다. 수학은 거의 아이시스를 따라잡을 정도로 잘했다. 게다가 두 사람은 절친, 그러니까 뭐든지 다 털어놓을 수 있는 친구였다.

"너, 오늘 용케 잘 넘겼더라?"

플린이 아이시스의 약을 살살 올렸다.

"뭐가?"

"일주일에 두 번 지각하면 감점을 당할 수도 있잖아."

아이시스는 오늘 아침의 위기를 생각하니 지각쯤은 대수롭지 않은 일처럼 느껴져 슬쩍 웃음이 났다. 플린이 어리둥절해하며 물었다.

"왜 웃어? 내가 뭐 웃긴 말이라도 했어?"

"아냐, 아침에 있었던 일이 생각나서 그래. 나, 오라이언 파커하고 정면으로 부딪쳤어. 그래서 걔가 엉덩방아를 찧었는데……."

"지금 허풍 떠는 거지?"

아이시스는 아침에 있었던 일을 플린에게 자세히 털어놓았다.

"세, 상, 에!"

플린은 어찌나 놀랐는지 한 음절씩 끊어서 큰 소리로 외쳤다.

"야, 애들이 그 얘길 들으면 놀라 자빠지겠다."

"그러니까 아무한테도 말하지 마. 얘기가 새어 나가선 안 돼."

"뭐야, 장난해? 지금 올해의 특종을 나한테 넘겨 놓고 아무에게도 말하면 안 된다고 말한 거야?"

"그래, 잘 이해했네."

"나한테 왜 이러냐, 이마퀼레 시시……."

아이시스가 플린의 어깨를 주먹으로 냅다 후려쳤다.

"아얏!"

"내가 그렇게 부르지 말랬지!"

"알아, 알아. 재밌잖아."

"잘 생각해, 문학 시간에 누구 도움이 필요한지. 나한테 팽당하고 싶지 않으면 말이야."

"날 내팽개치진 않을 거잖아, 응?"

정신없이 떠들다 보니 어느새 동네 어귀였다. 어쩐지 바다가 심상치 않았다. 해안에서 1킬로미터 떨어진 지점에 방파제가 있었지만, 저지대는 파도가 몰아칠 때마다 맥없이 휘청거렸다. 멀미가 심한 플린은 또 토하게 될까 봐 걱정을 한바탕 늘어놓았다.

아이시스는 집에 거의 다 왔지만 들어가고 싶지 않아 멈칫거렸다. 해질녘까지 꼼짝없이 동생에게 시달릴 생각을 하자 영 내키지가 않았다. 그래서 플린에게 농장을 보러 가자고 했다. 잠시 후, 두 사람은 비밀 장소에 숨겨 둔 배를 꺼내어 수상 가옥 판자촌을 빠져나갔다.

3년 전, 아이시스와 플린은 침수 지대에 버려진 건물들을 구경하러 갔다가 그중 한 건물의 진입로를 우연히 발견했다. 건물의 꼭대기층 일부는 물에 잠기지 않은 상태였다. 둘은 호기심이 동해서 건물 안으로 들어갔다가 보물을 발견했다.

그곳은 도서관이었는데 장서의 대부분이 수분과 염분에 망가졌지만, 서가의 위쪽에 있던 책들은 아직 무사했다. 사실 인터넷으로도 산더미 같은 정보를 구할 수 있는 세상이었다. 아니, 일생을 바쳐도 다 읽을 수 없을 만큼 정보는 차고 넘쳤다. 하지만 아이시스는 종이책을 읽는 게 더 좋았다.

장사꾼 기질이 있는 플린은 그들이 찾아낸 장서가 1달러의 가치도 안 될 거라고 추측했다. 그 애는 도서관에서 발견한 책에는 전혀 관심이 없었다. 그도 그럴 것이 저지대 사람들은 저마다 일상을 꾸리는 방법을 찾기에도 바빴다. 구시가지 폐허에서 찾아낸 물건은 뭐가 됐든 상품 가치가 있어서 먹거리와 바꿀 수 있었다. 하지만 책은 예외였다. 실용주의자인 플린은 요즘 같은 세상에 누가 책에 관심이 있겠냐고 빈정거렸다.

그렇지만 아이시스는 도서관을 몇 번이나 다시 찾았다. 그곳이 생태학, 탈성장, 자연 존중, 그 밖에도 인류가 결코 실현할 수 없었던 모든 것을 주제로 삼은 책을 모아 둔 특화 도서관이었기 때문이다. 지구의 현 상태를 봐서는 사람들을 4광년이나 떨어진 뉴 어스로 이주시킬 것이 아니라, 환경을 되살리기 위해 좀 더 일찍부터 총력을 기울였다면 더 좋았을걸. 아이시스는 가끔씩 그런 생각을 했다.

아이시스는 그 오래된 책들을 읽다가, 최소한의 설비로 농작물을 키우는 법에 대한 논문들을 찾았다. 기본적으로는 당시 '제3세계'라고 불렸던 국가들에서 썼던 방법이었다. 그 주제를 깊이 파고들다가, 급기야 침수되지 않은 도서관 옥상에서 사람들의 눈을 피해 작물을 키우기 시작했다.

여러 가지 방법을 써 봤는데 다 실패하고 단 두 가지만 성공했다. 하나는 아쿠아포닉스(물고기 양식(Aquaculture)과 수경 재배(Hydroponics)의 합성어로, 물고기와 작물을 함께 길러 수확하는 방식)였다. 수조에 물고기를 키우면 배설물이 그 옆에서 기르는 식물의 비료가 되었다. 또한 수조의 물이 파이프를 통해 식물에게 가면, 식물이 이 물을 깨끗하게 걸러서 다시 수조로 보내는 원리의 농법이었다.

아이시스는 이 방법으로 싱싱한 채소를 얻게 되었다. 물론 플린은 처음에 아이시스를 한껏 비웃었다. 공해가 이렇게 심한 데다 산성비로 토양까지 개차반인데, 무슨 수로 채소를 키우냐며 한심해했다. 하지만 아이시스는 포기하지 않았다.

우선은 채소 씨앗을 구하는 게 제일 힘들었다. 돔 근처의 쓰레기장을 며칠 동안 이 잡듯이 뒤진 끝에, 상해서 버린 채소를 몇 가지 주워와 정성스럽게 씨를 발라냈다. 물고기를 구하는 건 차라리 쉬웠다. 점점 씨가 말라 가긴 해도 물 위에 사는 사람들에게 낚시는 중요한 단백질 공급 수단이었다.

아빠는 물고기도 세대가 바뀔수록 똑똑해지는 것 같다고 했지만, 아이시스 생각에는 수질오염이 심각해서 물고기가 점점 줄어드는 것 같았다. 어쨌거나 아이시스와 플린은 직접 잡은 물고기를 낡은 수조에 넣어 키웠다. 흙은 학교에서 식물을 키우는 재배조에 손을 슬쩍 집어넣고 한 움큼씩 집어 왔다. 그렇게 흙을 모으는 데만 몇 달이 걸렸다.

작물 재배 시스템이 본격적으로 가동된 뒤 처음으로 채소를 수확하던 날, 플린은 꿈인가 생시인가 하면서 눈을 끔벅거렸다. 그 후 시스템을 조금씩 개선해서 지금은 아이시스네와 플린네 말고도 한두 집은 더 먹을 수 있을 만큼 채소를 길러 냈다.

도서관 건물이 있는 지역은 거주 금지 구역이었다. 건물이 바닷물에

침식되어 언제 무너질지 모르기 때문이다. 처음 이곳을 발견했을 때, 아이시스는 그리 높지 않으면서도 상태가 나은 건물을 골랐다. 배를 타고선 6층 높이까지밖에 갈 수 없기 때문이었다. 그다음부터는 계단으로 걸어 올라가야 했다.

아이시스는 농장에 갈 때마다 누가 채소를 훔쳐 가지는 않았을지, 더 끔찍하게는 시스템을 망가뜨리지 않았을지 걱정을 하곤 했다. 매번 모든 것이 제자리에 있는 것을 확인하고 나서야 안도의 한숨이 나왔다. 탐스럽게 여문 호박 하나와 탱글탱글한 토마토 두 알이 수확을 기다리고 있었다. 플린은 수확물을 아이시스에게 기꺼이 양보했다.

아이시스는 물고기에게 먹이를 주고 난 뒤 호박과 토마토를 따서 조심스럽게 배낭에 넣었다. 그런 다음에는 플린과 함께 낡은 의자에 나란히 앉아서 잠시 동안 바다를 바라보았다. 저 멀리 우뚝 솟은 방파제가 거칠게 날뛰는 파도를 막으려고 애를 쓰고 있었다. 방파제 저편에서 미친 듯이 몰아치는 파도와 하늘까지 닿으려는 듯 기를 쓰고 솟아오르는 물기둥이 보였다.

아이시스는 두 눈을 감은 채 이 풍경이 햇살 아래에서는 어떻게 보일지 상상해 보았다. 태어나서 지금까지 햇빛이 비치는 광경을 실제로는 한 번도 보지 못했다. 영화에서 본 게 전부였다.

그때 플린이 아이시스의 손을 조심스럽게 잡았다. 아이시스는 본능적으로 그 손을 홱 뿌리치고는 겸연쩍어서 한쪽 눈을 찡긋했다.

"이제 집에 가자!"

플린은 늘 아이시스를 좋아했다. 아이시스가 기억하는 가장 오래된 때부터………. 아이시스도 플린이 좋았다. 하지만 자신이 느끼는 감정과 그 애의 감정은 어쩐지 결이 다른 것 같았다. 그런 말을 솔직하게 했다가 플린이 상처라도 받을까 봐 두려웠다.

아이시스는 호박과 토마토를 가지고 돌아가면 가족들이 분명 좋아할 줄 알았다. 그런데 집안 분위기가 영 심상치 않았다.

"무슨 문제라도 있어요?"

아이시스의 물음에 아빠는 그저 고개를 푹 숙일 뿐 아무 대답이 없었다. 한참 만에 엄마가 대신 입을 열었다.

"아빠가 오늘 아침에 일을 못 잡아서 그래."

이번 주에만 벌써 두 번째였다. 아빠가 일을 구하지 못했다는 건 곧 가족들이 굶어야 한다는 뜻이었다. 판자촌에 돈이 돌지 않은 지는 이미 오래되었다. 일을 구하는 사람들은 일찌감치 시내의 중앙 광장에 나가서 줄을 섰다. 그러면 사람 쓸 일이 있는 이들이 찾아와 일용직으로 몇 명씩 뽑아다가 건설 현장 혹은 공장으로 데려갔다.

경기가 좋을 때는 모두가 일을 얻고 또 식량을 배급받아 집으로 가져갔다. 하지만 요즘은 일거리가 통 없었다. 정부는 이런 현실을 극도의 노동 유연성이라고 불렀지만, 아이시스가 보기에는 노예살이나 다름없었다. 아이시스는 반드시 성공해야만 한다는 생각이 그 어느 때보다 강렬하게 들었다. 자신만이 가족들을 이 가난에서 건져 낼 수 있었다. 이제 자명종을 한 개가 아니라 두 개는 맞춰 놓고 자야 할 것 같았다. 그리고 두 번 다시 언터처블에게 손을 대는 불상사가 생겨서도 안 되었다.

갑자기 자신이 들고 온 채소가 아주 보잘것없고 우스꽝스럽게 느껴졌다. 그래도 호박과 토마토를 탁자 위에 내려놓자 엄마가 고마워하는 눈빛으로 아이시스를 쳐다보았다.

"내일은 좀 낫지 않겠어요?"

아빠는 아이시스의 위로에 애처로운 미소를 지어 보였다.

"그래, 네 할아버지도 늘 미래를 믿어야 한다고 말씀하셨어. 정말 좋은 분이셨지. 근면하기로는 누구에게도 빠지지 않으셨거든."

아이시스는 할아버지를 뵌 적이 거의 없었다. 너무 근면하셔서 쉰 살도 못 채우고 과로사하셨기 때문이다. 정말이지, 자신은 할아버지처럼 살고 싶지는 않았다.

"이 세상은 로봇이 다 망쳐 버렸어요."

"아이시스, 그런 말 하는 거 아니야. 과학이 발전했을 뿐인걸."

몇 년 전부터 로봇의 성능이 급격히 발전해서 사람이 하는 일을 대부분 대신하게 되었다. 한 세기 전만 해도 로봇은 단순 육체 노동만 대신했지만, 하루가 다르게 성능이 발전하더니 어느새 인간 못지않게, 아니 인간 이상으로 일을 잘하게 되었다. 24시간 내내 불평 한 마디 없이 착착 돌아가는 쇳덩이를 무슨 수로 이길 수 있을까? 그렇게 사람들의 일자리는 점점 줄어들었다.

어디 그뿐인가? 로봇들의 생산 속도를 한번 맛본 사용자들은 인간에게도 로봇과 똑같은 속도를 요구했다. 그 때문에 공장의 조립 라인에서 직원들이 과로로 죽어 나가는 일이 드물지 않게 일어났다.

"내일 NEP 배급을 받을 수 있는지 알아보러 가 볼게."

엄마 말에 아빠가 정색을 하며 말렸다.

"안 돼, 산다라. 거기에 가는 거 싫어. 에너지바 한 개를 차지하기 위해서라면 무슨 일이든 저지를 수 있는 사람들이 우글거려. 근처에 얼쩡거리는 것도 위험하다고. 내가 좀 더 일찍 일어날게. 내일은 일을 구할 수 있겠지."

엄마는 깊게 한숨을 내쉬었다. 좀 더 일찍 일어난다니? 오늘도 새벽 3시에 일어났으면서. 그보다 어떻게 더 일찍 일어날 수가 있을까?

"우리 딸, 오늘 하루는 잘 보냈니?"

아빠가 짐짓 아무렇지도 않은 표정으로 물었다.

"그럼요, 다행히 수학 시험을 잘 본 것 같아요."

언터처블과 부딪히는 바람에 자칫 퇴학당할 뻔했지만 가까스로 위기를 모면했다는 말을 할 수는 없었다.

"잘됐구나, 잘됐어."

"참! 나도 모처럼 좋은 소식 전할 게 있어."

엄마가 대뜸 끼어들었다.

"릴리 이모가 올해의 메시지를 보내왔어."

집짓기 놀이를 하던 재크가 장난감을 팽개치고 옆으로 다가왔다. 집이 너무 좁아서 그냥 뒤돌아 앉았을 뿐이지만.

릴리 이모는 엄마의 막냇동생이지만, 아이시스는 이모에 대한 기억이 거의 없었다. 그나마 남아 있는 몇 안 되는 기억도 그리 유쾌하지는 않았다. 아이시스가 아직 아기였을 때, 이모는 귀여워 죽겠다면서 허

구한 날 볼을 주물럭거렸다. 그러다가 9년 전, 그러니까 NEP 프로젝트 초창기에 운 좋게 당첨이 되어 가족들과 함께 뉴 어스로 이주했다.

이모네 식구가 뉴 어스에 도착한 지 3년이 채 안 되었지만, 매년 여름마다 메시지를 보내 주었다. NEP는 천문학적인 비용이 든다는 이유로 지구와 뉴 어스 사이의 사적 소통을 제한했다. 메시지를 주고받는데 무슨 돈이 그리 많이 드는지 이해가 안 되었지만, 애초에 우주여행에 대해 아는 게 없으니 모두들 그러려니 할 뿐이었다.

엄마가 판잣집 지붕의 모니터에 이모의 메시지를 띄웠다. 아이시스는 내심 배터리가 충전되어 있지 않기를 바랐다. 굶어 죽기 일보 직전인 상황에서, 이모가 행복에 겨워 자랑하는 모습을 보고 싶지 않았기 때문이다.

짤막한 동영상은 작년에 봤던 것과 크게 다르지 않았다. 이모는 그새 살이 많이 쪄서 나이가 좀 더 들어 보였다. 곧이어 농장과 가축의 모습이 이어지더니 사촌인 제임스의 모습이 비쳤다. 제임스도 몰라보게 자랐다. 윗옷을 벗고 장작을 패는데 키도 제법 큰 데다 어깨도 떡 벌어져 있었다.

그런데 아이시스는 이상하게도 불편한 기분이 들었다. 왜 그런지는 굳이 생각하고 싶지 않아서 그저 화면을 멍하니 바라보았다. 뭔가 중요한 문제라는 생각이 들기는 했지만 무엇 때문인지는 도통 알 수가 없었다. 왜 이렇게 심란한 기분이 드는 걸까? 화면 속의 릴리 이모와 이모부가 함박웃음을 짓는 모습을 보는 엄마의 눈가에 눈물이 그렁그렁했다.

아이시스는 재크가 영상을 또 보고 싶다고 조르는 모습을 물끄러미 보다가 자리에서 일어나 방으로 들어갔다. 저녁을 안 먹은 것 때문에 엄마가 불러 세웠지만 뒤도 돌아보지 않았다.

"배고프지 않아요. 공부할 것도 있고요."

물론 사실이 아니었다. 배고프지 않다는 말도, 공부를 해야 한다는 말도. 배에서 꼬르륵 소리가 났지만 부모님과 동생을 생각하면 이게 최선이었다. 그나마 아이시스는 학교에서 급식으로 제대로 된 한 끼를 먹었다. 그러니 얼마 안 되는 채소는 다른 가족끼리 나눠 먹는 게 좋을 듯했다. 무엇보다 식탁에 앉아 '릴리 이모가 뉴 어스에서 잘 살고 있구나.' 하는 소리를 듣고 싶지가 않았다.

악몽 같은 수행 평가

다음 날, 아이시스는 지각을 하지 않기 위해 서둘러 학교에 갔다. 어제 오후부터 굶었더니 배 속에서 천둥이 치는 것 같았다. 어서 빨리 점심시간이 되기를 바랄 뿐이었다. 그러다가 자기도 모르게 언터처블들 쪽을 바라보았다. 보기 좋게 부푼 뺨과 평온한 표정을 보건대, 저들은 배고픔 같은 건 죽었다 깨어나도 모를 듯했다.

그때, 아이시스는 오라이언이 미소를 띤 채 자신을 보고 있다는 걸 깨달았다. 누가 익살이라도 떠는가 싶어서 뒤를 돌아보았지만, 다들 열심히 수업을 듣고 있었다. 아이시스는 반사적으로 오라이언에게 미소를 지어 보일 뻔했지만 얼른 마음을 다잡았다.

'왜 이래, 아이시스? 적과 협정이라도 맺을 셈이야?'

자기가 언터처블에게 미소 짓는 걸 보면 플린이 어떤 표정을 지을

지 눈에 선했다. 어쩌면 플린은 아이시스의 눈알을 뽑아 버릴지도 몰랐다. 그런데 오라이언이 대체 왜 저러는 걸까? 무슨 수작을 꾸미는 거지?

아이시스는 언터처블을 상대할 때는 긴장을 늦춰선 안 된다고 생각했다. 그러고는 아빠를, 보잘것없는 끼니를, 그리고 조악한 판잣집을 떠올렸다. 오라이언 같은 인간들 때문에 우리가 이렇게 사는 거라고, 그들은 남들을 착취해서 자기들만의 작은 낙원을 보전하고 있었다. 그러자 미소 짓고 싶은 마음이 싹 가시면서 그 자리에 분노가 차올랐다. 배고픔마저 잊을 정도였다.

1교시 수업은 글레이어 선생님이 병가를 내는 바람에 밴 두이크라는 기간제 선생님이 대신 들어왔다. 새로 온 선생님은 키가 작고 아주 젊었다. 수업을 하는 내내 재킷의 지퍼를 올렸다 내렸다 했다. 처음에는 무척 거슬렸지만 어느 사이엔가 익숙해져서 나중에는 딱히 신경이 쓰이지 않았다.

밴 선생님은 머리카락이 짧다 못해 거의 삭발한 수준에 가까웠다. 표정은 싹싹해 보였지만 눈빛은 제법 예리하게 느껴졌다. 사람의 속내를 다 읽어 버릴 것 같은 눈빛이었다. 아이시스는 선생님과 눈이 마주치자 머릿속 생각을 들키기라도 한 것처럼 얼굴이 빨개졌다.

"아이시스, 축하해요. 수학 시험에서 정답률 96퍼센트가 나왔군요. 학생은 출신 동네의 자랑이 될 만합니다. 지금 막 성적을 전송했으니 확인해 봐요."

그러면 그렇지, 선생님이 내 생각을 읽을 리가 없잖아? 아이시스는 디지털 책상을 터치해서 모니터를 켠 뒤 오답 4퍼센트가 어디에서 나왔는지 찾기 위해 답안을 꼼꼼하게 살폈다.

"반 평균은 75퍼센트입니다."

선생님의 말이 끝나자마자 모니터에 반 아이들의 성적 그래프가 떴다. 선생님이 무슨 말이든 하면 교사용 컴퓨터의 인공 지능이 학생들의 모니터에 실시간으로 자료를 띄워 주었다.

아이시스는 그래프를 유심히 보다가 자기가 반에서 일등이 아니라는 사실을 깨달았다. 정답률 95~100 구간을 터치하자 이름이 두 개가 떴다. 하나는 아이시스였고, 다른 하나는 오라이언이었다. 오라이언은 정답률 97퍼센트였다. 아이시스가 오라이언을 돌아본 순간, 또다시 두 아이의 눈이 마주쳤다. 오라이언이 어깨를 으쓱해 보였다.

저 의기양양한 웃음을 지워 버릴 수 있으면 좋으련만! 오라이언은 아이시스에게 일등이 어떤 의미인지 모를 게 뻔했다. 아이시스는 언터처블보다 우수한 성적을 받아야만 가족을 너절한 판자촌에서 건져 낼 수 있을 터였다. 물론 또 다른 이유도 있었다. 아이시스는 자신이 최고점을 받을 때면 그 오만하고 건방지기 짝이 없는 언터처블들이 억지로나마 눈빛을 감추는 듯한 느낌을 받곤 했다. 자신은 그들의 신발 속에 굴러 들어온 돌 조각, 그러니까 그들의 확신을 거스르는 껄끄러운 모래 알갱이였다. 돔에서 금수저로 태어나지 않은 사람도 똑똑할 수 있다는 걸 보여 주는 살아 있는 증거이기도 했다. 그런데 오늘, 오라이언이 아이시스의 그 작은 기쁨을 빼앗은 것이었다.

아이시스는 오라이언의 시선이 계속 느껴져 목덜미가 따끔거리는 것 같았지만, 일부러 더 이상 뒤돌아보지 않았다.

"수학 교과 페이지는 이제 닫아도 됩니다. 오늘 나머지 시간은 교외 수행 평가를 할 예정이에요."

책상 앞에만 붙어 있는 것 말고 체험 학습을 늘 기대했던 아이시스에게는 그야말로 희소식이었다. 오랜만에 몸을 풀 수 있는 좋은 기회였다.

"오늘의 활동은 좀 특별합니다. 내가 직접 개발하고 제안해서 만들어진 프로그램이라 지금까지 한 번도 해 본 적이 없거든요. 음, 간단히 설명하면 '사회성' 체험 학습입니다."

사회성 체험 학습이라니? 이게 무슨 말 같지도 않은 소리람? 들어본 적도 없는 실습이었다.

"솔직히 말하자면 우리 학생들 사이에는 공공연한 적대감이 있는 것 같아요."

그때 미란다가 손을 번쩍 들고 말했다.

"대체 선생님이 무슨 말씀을 하시는지 이해할 수가 없어요. 저희는 반 친구들끼리 아주 사이좋게 지내고 있어요."

선생님이 고개를 저으며 대답했다.

"마저 설명해도 될까요? 나는 저지대 학생들과 돔에 사는 학생들 사이에 분명히 긴장감이 존재한다고 봅니다."

그러자 교실 안에 웅성거림이 희미하게 일어났다. 아무렴, 긴장감이 있고말고. 그레이는 언터처블을 싫어하고, 언터처블도 그레이를 싫어했다. 서로를 싫어한다는 점에서만큼은 마음이 딱 맞았다.

"나는 서로를 잘 모르는 게 문제라고 생각합니다. 하지만 우리 학교는 조직 자체가 수업 시간이나 실습 시간에 양측을 분리하게끔 되어 있지요. 원래 공동 학교는 인구 화합을 목적으로 설립된 것으로, 사회 갈등을 조장해서는 안 됩니다. 따라서 이번 체험 학습의 목표는 단순합니다. 돔에 사는 학생은 저지대에 대해 평소 품었던 생각과 이번 체험을 통해 알게 된 현실을 비교해서 보고서를 한 편 작성해 오세요. 저지대에 사는 학생 또한 돔을 대상으로 동일한 주제를 다루면 됩니다. 2인 1조로 단순하게 갑시다. 급식을 먹은 후에 저지대 학생 중 절반은 자기 짝을 따라서 돔으로 가고, 나머지 절반은 돔에 사는 짝을 자기가 사는 동네로 데려가는 겁니다."

선생님 말이 끝나기 무섭게 교실 곳곳에서 격렬한 항의가 터져 나왔다. 곧이어 학생들과 선생님 사이에 입씨름이 벌어졌다.

"그런 활동은 할 수 없어요! 우리가 사는 돔에 그레이들을 들이라고요? 법으로도 금지된 일인데요?"

"특별 허가를 받아 두었으니 걱정하지 않아도 됩니다."

"언터처블이 새하얀 옷을 입고 우리 동네에 들어올 수나 있을까요? 아마 얼마 못 가서 폭행을 당할 거예요!"

"그래서 여분의 교복을 준비해 두었습니다. 짝을 따라가는 학생은 평소와 다른 교복으로 갈아입도록 해요."

선생님은 학생들의 항의에도 아랑곳없이 말을 이었다.

"오늘 오후의 체험 학습에 대한 보고서는 내일 아침까지 제출하도록 해요. 분명히 말해 두지만 엄격하게 점수를 매길 겁니다. 자, 지금부터 짝을 정하겠어요. 플린과 미란다는 돔으로, 캐서린과 안드레아도 돔으로 갑니다. 오라이언과 아이시스는 저지대로…….”

아이시스는 하마터면 기절할 뻔했다. 오라이언을 데리고 저지대로 가라니? 선생님이 녹조 마약이라도 먹은 게 아닌가 싶을 정도로 황당하기 그지없었다. 그러나 선생님은 시끌벅적한 항의를 무시하고 계속 조 편성 결과를 발표했다.

다른 건 몰라도 이것만은 확실했다. 이제 곧 닥칠 몇 시간이 아이시스 인생을 통틀어 가장 끔찍한 경험이 되리라는 것. 그 순간, 점심시간을 알리는 종이 울렸다. 아이시스는 밴 두이크 선생님의 어리석은 발상을 저주하면서 급식실로 향하는 학생들 무리에 합류했다. 아이들 모두 체험 학습 이야기밖에 하지 않았다.

“순순히 날 따라오든지, 아니면 거기에 바보처럼 서 있든지 네 마음대로 해.”

플린은 미란다의 말에 한숨을 푹 내쉬었다. 언터처블 교복이 너무 커서 꼴이 아주 우스꽝스러워 보였다. 플린은 저지대에 사는 친구들에게 자기 모습을 들키게 될까 봐 걱정이 태산이었다. 다행히 돔까지는 미란다네 차로 이동했기에 남들 눈에 띄지는 않았다.

플린은 미란다와 말 한 마디 나누지 않다가 그 애를 흘끗 바라보았다. 하고 많은 언터처블 중에서도 하필이면 얘하고 짝이 되다니, 운도 지지리 없지……. 플린은 최악의 사태를 각오했다.

잠시 후, 출입 통제 구역을 통과한 차가 멈추자 미란다가 먼저 내리고선 플린에게도 내리라고 했다. 플린은 마지못해 미적대면서 미란다가 시키는 대로 했다.

"자, 돔 안에 들어오니 기분이 어때? 여기에 들어오는 특권을 누린 기분 말이야."

플린은 미란다의 말을 재빨리 받아치려고 했지만 탁 트인 하늘에 먼저 시선을 빼앗기고 말았다. 진짜 하늘이 아니라 햇살이 따사롭게 비치고 솜털 구름이 예쁘게 떠 있는 푸른 하늘 이미지를 띄운 거대한 스크린이었지만…….

"그 입 좀 다물어! 누가 보면 유령이라도 본 줄 알겠다."

미란다가 비웃자 플린은 얼른 이를 악물었다. 완벽하게 연출된 환영에서 눈을 떼기가 어려웠지만, 가까스로 시선을 떨어뜨리며 전체적인 풍광을 살펴보았다. 밖에서만 봤던 돔은 지름 10킬로미터의 거대한 반구(半球)였다. 심지어 반구의 꼭대기 부분은 스모그에 가려서 잘 보이지도 않았다. 플린은 이 도시를 지배하는 크고 시커먼 돔의 존재를 애써 무시하고 살아왔지만, 그 내부가 이토록 밝고 환할 줄은 몰랐다.

"동네를 둘러봐야 할 테니까 일단 조금 걷자."

플린은 미란다의 뒤를 졸졸 따라갔다. 어디를 보나 깨끗하고 말끔했다. 거리에는 싱크홀 하나 없었고, 쓰레기가 나뒹굴지도 않았으며, 곳곳에 녹지가 널려 있었다. 플린은 태어나서 지금까지 이렇게 풍성한 녹지를 본 적이 없었다. 돔 바깥의 나무는 말라 비틀어져서 이파리조차 달려 있지 않았다. 이곳의 나무와 비교하는 일 자체가 민망할 지경이었다.

'아이시스가 여기에 왔으면 환장했겠는걸. 걔는 어떻게 해서든 이 식물들의 종자를 손에 넣으려고 했을 거야.'

"무슨 생각을 하느라 그리 히죽거려?"

미란다가 뚱하게 물었다.

"아무것도 아니야. 그냥 갑자기 누구 생각이 나서. 그나저나 여긴 참 예쁘구나."

"아직 제대로 본 것도 없으면서 무슨 소리야? 여기는 소박한 공무원 동네야. 우리 집은 저기 언덕 위에 있어."

"저기 말이야?"

플린이 어마어마해 보이는 저택을 손으로 가리켰다.

"아니, 거기는 오라이언네 집이야."

미란다는 은근히 짜증이 솟구쳤다. 자기네 집이 이 돔에서 가장 크지는 않았던 것이다. 미란다는 어쩐지 플린에게 만만하게 보인 것 같은 기분이 들어서 불쾌했다.

두 사람이 높다란 담장에 둘러싸인 저택으로 다가가자 개들이 사납게 짖기 시작했다. 플린은 소스라치게 놀랐다. 개를 처음 보았던 것이다. 저지대에서는 이미 오래전에 개가 멸종했다. 먹을 수 있는 것은 죄다 먹어치웠기 때문이다. 여기는 사람이 배불리 먹을 뿐만 아니라 동물까지 먹이고 기를 수 있을 정도로 먹거리가 남아도는 모양이었다. 그야말로 다른 세상이었다.

그때 웬 여자가 저택 정문으로 걸어와 문을 열었다.

"안녕하세요?"

플린이 인사를 건네자 그 여자도 인사를 했다. 검은 머리칼을 길게 늘어뜨리고 있었는데, 언뜻 봐도 대단한 미인이었다.

"침 좀 닦지그래?"

미란다는 톡 쏘아붙이고선 앞서 걸어갔다. 플린은 미란다를 따라가면서 마지막으로 한 번 더 여자를 돌아보았다. 아이시스만큼은 아니어도 무척 예뻤다.

"너는 왜 저분에게 인사 안 해?"

플린은 미란다의 무례한 태도가 영 껄끄러웠다.

"하녀한테 인사를 왜 해?"

플린은 미란다의 대답에 한 대 얻어맞은 듯한 충격에 휩싸여 잠시 동안 말을 잇지 못했다. 하녀라니……. 부잣집은 허드렛일하는 사람까지 예쁘고 잘생긴 모양이었다. 그러나 부촌을 둘러보는 동안 그러한 감탄은 서서히 희미해졌다. 대신에 자못 다른 감정들이 불쑥 솟아났다. 일단 이런 곳에 사는 팔자 좋은 사람들에게 질투가 났고, 그와 동시에 이 돔을 둘러싼 쟁점들을 좀 더 깊이 이해하게 되었다.

플린은 돔 안을 둘러보면서 여기서 살아 본 사람은 두 번 다시 밖에서 살고 싶지 않을 거라는 생각이 들었다. 이 특권을 잃을 바에야 차라리 죽음을 택할 것 같았다. 물론 플린은 그런 입장이 아니었다. 어쨌든 공동 학교에 들어갔으니, 언젠가는 이 돔 안에 작은 원룸 정도는 구할 수 있을지도 몰랐다. 이 안에서 일자리를 구할 수만 있어도 꽤 괜찮지 않을까 싶었다.

이곳에 오면서 분노를 주체하지 못하게 되면 어쩌나 걱정했는데…….

웬걸, 아주 희미하긴 하지만 낙관적인 생각마저 들었다. 플린은 돔 안에 갖추어져 있는 온갖 아름다운 것들을 구경하는 내내 '내 팔자가 아닌 걸 어쩌겠어?'라는 생각밖에 들지 않았다.

"우리 집에 다 왔어. 널 위해서 친구들도 몇 명 불러 놨지."

미란다가 전에 없이 친근하게 웃으며 말했다.

과연, 탁 트인 수영장 옆에서 또래 아이 몇몇이 신나게 놀고 있었다. 미란다는 플린에게 수영복을 건네주면서 탈의실을 알려 주었다. 플린은 탈의실에서 손바닥만 한 수영복을 들여다보며 난감해했다. 지구의 바다는 거대한 쓰레기장이나 마찬가지였기에, 이날 이때까지 수영을 해 본 적이 없었다. 당연히 수영 강습을 받을 일이 없었고, 수영복을 입을 일도 없었다.

그래도 미란다가 자기를 집까지 데려왔다는 사실이 놀랍기도 하고 기분 좋기도 했다. 그 호의를 무시하는 것처럼 보이고 싶지는 않았다. 플린은 그 희한할 만큼 신축력이 좋은 천 쪼가리를 입기로 결심했다. 다리를 어떻게 꿰어 넣기는 했는데 수영복이 작아도 너무 작았다. 돔 안에서는 이런 게 유행인가? 플린은 비치 타월을 허리에 두르며 어깨를 으쓱했다. 물에 들어가면 괜찮으려나?

잠시 후, 탈의실을 나온 플린이 미란다에게 다가갔다. 아이들은 터키석처럼 새파란 물 옆에서 그를 기다리고 있었다.

"이제 물에 들어갈까?"

미란다의 말이 떨어지자마자 아이들은 비치 타월을 잔디밭에 내던지고 물속으로 뛰어들었다. 플린은 잔디를 밟는 느낌이 낯설면서도 좋았다. 하지만 그 느낌이 채 가시기도 전에 다른 남자애들의 수영복이 눈에 들어왔다. 그들은 플린처럼 망측스러운 수영복이 아니라 권투 팬츠처럼 길고 헐렁한 수영복을 입고 있었다.

"안 들어오고 뭐 해?"

"별로 내키지가 않네."

미란다가 재촉했다. 플린은 혹시라도 웃음거리가 될까 싶어서 대충 둘러대며 피하려 했다. 하지만 미란다는 플린이 이렇게 나올 경우까지 다 생각해 두었는지, 재빨리 다가와 허리에 두른 비치 타월을 냉큼 낚아챘다. 아이들이 까르르 웃음을 터뜨렸다. 플린은 충격을 받은 나머지 그 자리에서 꼼짝도 하지 못했다. 그때 미란다가 태블릿으로 플린의 사진을 찍고는 화면에 뜬 자판에다가 뭐라고 입력을 했다.

"짠! 돔 전용 소셜 네트워크에 올렸어. 그레이의 수영복이란 이런 것이다. 천 살 돈이 모자랄 때의 핏!"

미란다가 뿌듯해하며 허세를 떨자 아이들이 배를 잡고 낄낄댔다.

플린은 비치 타월을 빼앗아서 얼른 몸을 가렸다. 하지만 이미 엎질러진 물이었다. 속이 부글부글 끓었다. 미란다를 조심했어야 했는데, 이렇게 순순히 저 망할 계집애의 먹잇감이 되다니…….

순간적으로 미란다의 따귀를 시원하게 날리는 상상을 했다가 얼른 마음을 고쳐먹었다. 미란다는 언터처블, 자신은 그레이였다. 밴 두이크 선생님이 빌려준 순백의 교복은 아무것도 바꾸지 못했다. 플린이 미란다를 때리려고 손을 쳐든다면 퇴학을 피할 수 없을 터였다.

플린은 고개를 푹 숙인 채 아이들의 조롱을 피해 탈의실로 들어갔다. 옷을 갈아입노라니, 보고서에 무슨 내용을 써내야 할지 막막했다. 욱하고 치밀어 오르는 복수심에 자기 대신 아이시스라도 그 재수 없는 오라이언 파커의 코를 납작하게 만들어 주면 좋겠다는 생각을 했다.

그때, 밖에서 여자 어른의 목소리가 들렸다. 미란다의 엄마였다.

"미란다, 아직 학교에 있을 시각 아니니?"

미란다가 사회성 체험 학습 이야기를 하자, 미란다 엄마가 비명에 가까운 소리를 고래고래 내질렀다.

"그레이를 돔 안에? 그것도 우리 집 정원에 들였다는 거야? 그 선생 제정신이라니?"

아이시스의 비밀 정원

눈길이 닿는 곳마다 무너지기 일보 직전의 건물, 칙칙한 얼굴, 영원히 걷히지 않는 잿빛 안개뿐이다. 지구를 뒤덮은 스모그는 모든 것을 감싼 채 그 끈적끈적한 손가락으로 사방을 문지르고 다닌다. 나는 이 회색 천지에서 색깔 한 조각을 찾아보려고 기를 쓴다. 섬광처럼 스치는 환상조차 고작 밝은 회색일 뿐이지만, 그 정도만 해도 어디인가…….

"정말 웃기는 발상 아니야? 남의 동네에 보내서 보고서를 쓰게 하는 거 말이야. 하긴, 숙제를 내 주는 선생님이야 재미있을지도 모르지. 그래, 넌 뭐라고 써서 낼 생각이야?"

아이시스가 어깨를 으쓱하며 오라이언에게 물었다.

"너 하는 거 봐서."

"그게 무슨 소리야?"

"네가 계속 이러고 말지, 아니면 네가 사는 진짜 세상에 날 데리고 가는지 봐서 결정할 거라고. 너, 지금 두 시간째 내가 매일 차 타고 지나다니면서 보는 풍경만 보여 주고 있거든?"

아이시스는 눈살을 찌푸렸다.

"그냥 저지대라고 하면 되지, 무슨 '네가 사는 진짜 세상' 운운이야? 시험 보는 것도 아니잖아?"

오라이언은 꿈쩍도 하지 않았다. 아이시스는 녀석의 평온한 자신감에 살짝 짜증이 치밀었다.

오라이언이 담담한 목소리로 대답했다.

"이번 기회에 너희가 어떻게 사는지 제대로 알고 싶어. 그런데 너하고 시간을 좀 더 보낸다고 해서 그걸 알 수 있을지는 잘 모르겠다. 내가 경호원도 없이 여기에서 돌아다니는 걸 우리 아버지가 아시면 어떻게 될까, 하는 생각도 들고."

아이시스는 오라이언의 얼굴을 유심히 바라보았다. 녀석은 키가 크고 체격이 좋지만 부담스러울 만큼 근육질은 아니었다. 회색 교복을 입고 있어도 눈에 띄게 잘생겼는데, 특히 푸른 눈이 매우 아름다웠다. 무엇보다 오라이언이 신고 있는 억 소리 나게 비싼 구두를 보니, 비로소 자기 앞의 소년이 이 동네 아이가 아니라는 실감이 났다.

"우리가 어떻게 사는지 왜 알고 싶은데?"

"너희 입장이 되어 보고 싶어. 너희가 왜 그렇게 우리를 원수 보듯 하는지 이해도 해 보고 싶고……."

"뭐? 지금 장난해? 너희야말로 우리를 원수 보듯이 하잖아. 사사건건 깔보면서 새하얀 교복을 과시하고 다니는 게 누군데그래? 급식 시간에조차 우리하고는 똑같은 음식을 못 먹는 고귀한 분들이 대체 누구냐고!"

"그건 우리 위장이 학교 급식에 적응을 못 해서 그런 거고. 너희가 먹는 음식에 익숙하지 않다 보니……."

"암, 어련하시겠어. 아무거나 드실 수 없겠지."

아이시스는 야유 섞인 말을 내뱉으면서도 다닥다닥 붙어 있는 판잣집 사이로 요리조리 파고들며 오라이언을 저지대 중심부로 데려갔다. 집과 집 사이가 너무 좁아서 둘이 함께 지나갈 수 없는 곳도 많았다.

"여기는 아까 지나갔던 데잖아. 미로 찾기 놀이를 하는 거라면 몰라도 이제 좀 지겨워지려고 해."

오라이언이 다시 따지고 들었다.

"그래, 좋아. 뭘 보고 싶은데?"

"예를 들면 네가 사는 곳?"

"우리 집에 가고 싶다는 거야?"

오라이언이 뻔뻔한 얼굴로 고개를 끄덕였다.

하지만 아이시스는 오라이언에게 집을 보여 줄 생각이 눈곱만큼도 없었다. 만에 하나 자기네 가족이 손바닥만 한 집에서, 몸을 쭉 펴고 누우면 머리와 발이 벽에 닿을 만큼 좁아터진 방에서 산다고 소문이라도 나면 어쩌려고? 아이시스는 단호하게 거절했다.

"아니, 그건 안 돼."

"그러면 시장 구경이라도 시켜 줘. 너희가 먹거리를 사는 곳 말이야. 그런 곳은 있겠지?"

시장이라면 괜찮을 듯했다. 그나마 이 시각에는 그리 위험하지 않을 테니까.

"알았어, 따라와."

두 아이는 주택 지구를 빠져나와 상업 지구로 향했다. 돔의 쓰레기장이나 구(舊)뉴욕의 폐건물에서 주워 온 가구와 의류 따위를 수선해서 파는 노점들 앞을 지나쳤다. 오라이언은 사방을 두리번거리기 바빴다. 아무래도 잡동사니 소굴이 신기한 모양이었다.

마침내 시장 광장에 도착했지만 널따란 부교 위에서 몇몇 상인들이 먹거리를 가져와 파는 게 전부였다. 닭을 파는 상인은 비교적 부자 축에 들었고, 대부분은 물고기나 말린 해조류를 팔았다.

"빌어먹을 산성비, 냄새 한번 지독하네."

아이시스는 오라이언이 코를 틀어막으며 툴툴대는 걸 보고는 픽 웃고 말았다. 막상 인상을 쓰자 표정이 너무 웃겼다. 게다가 생각보다 솔직한 녀석이었다. 시장에서 파는 생선은 그리 신선하지 않았다. 얼음을 구할 수 없는 데다 실온은 35도쯤 되니까 그 상태가 오죽할까? 시장에서 풍기는 악취는 아마 상상 이상이었을 터였다.

오라이언이 아이시스를 바라보자 이번에는 둘이서 같이 웃었다.

"이렇게 웃으니까 덜 쌀쌀맞아 보여."

"그레이치고는 덜 칙칙해 보인다는 뜻이야?"

"오늘은 나도 그레이잖아."

"겉보기에만 그렇지."

아이시스가 저지대의 보잘것없는 경제 활동을 설명하자 오라이언이 질문을 마구 퍼부었다. 오라이언은 정말로 저지대에 관심이 있는 듯이 보였다. 심지어 길에서 마주친 사람들에게 깍듯하게 인사까지 했다. 아이시스는 그 모습을 보니 마음이 좀 놓였다. 녀석이 여기에서도 황제처럼 어깨에 힘을 주고 다니는 건 아닐지 불안했는데……. 아니, 솔직히 말하면 꽤 즐거운 시간을 보내고 있었다.

잠시 후, 주택 지구로 돌아가려는데 멀찍이서 아이시스와 오라이언을 흘끔흘끔 곁눈질하는 아이들 무리가 눈에 띄었다.

"저기 폐선 옆에 죽치고 있는 애들은 누구예요?"

아이시스가 평소에 알고 지내는 해조 파는 아저씨에게 슬쩍 묻자, 아저씨가 어깨를 으쓱하며 대꾸했다.

"글쎄, 나도 잘 몰라. 오늘 오후부터 저기에서 알짱대더라고. 처음 보는 애들이야. 아무래도 다른 동네에서 온 것 같아."

아이시스가 알았다는 눈짓을 하자 아저씨는 두 개밖에 남지 않은 이를 드러내면서 활짝 웃었다.

"이 동네에는 치과가 없나 봐?"

오라이언이 딴에는 농담이랍시고 한마디 툭 던졌다.

아이시스는 웃기는커녕 정색을 했다. 일단 그런 생각을 하는 것 자체가 고까워서 참기가 힘들었다. 그리고 또 다른 이유도 있었다. 그 수상한 패거리가 자기들을 따라오기 시작했던 것이다. 쟤들이 왜 저럴까? 혹시 오라이언의 정체를 눈치챈 건가?

"서둘러 여길 빠져나가야 해."

아이시스의 말에 오라이언은 금세 얼굴이 어두워졌다. 그제야 상황의 심각성을 눈치챈 듯했다. 아이시스는 추격자들을 따돌리려고 일부러 길을 빙빙 돌아가면서 시계를 확인했다. 그새 시간이 꽤 지나 있었다. 최대한 빨리 오라이언을 돔으로 돌려보내야만 했다.

두 아이는 골목을 돌다가 이층집에 둘러싸인 작은 광장으로 나왔다. 이 동네에서 그래도 부자 소리를 듣는(관점에 따라서는 덜 가난하다는 말이 맞겠지만) 사람들은 이렇게 진짜 목재를 써서 이층, 삼층까지 지어 올린 집에 살았다. 아이시스가 잽싸게 골목으로 접어드는 순간, 덩치 큰 흑인이 앞을 떡하니 가로막았다. 아까 보았던 그 수상한 패거리 중 한 명이었다. 다른 길로 가려고 뒤돌아섰지만 이미 때는 늦었다. 완벽히 포위되고 말았다.

"안녕? 길을 몰라서 헤매는 거야?"

아이시스가 의연한 척하며 말을 걸자 무리 중 한 명이 앞으로 나섰다. 키가 작고 못생긴 소년은 생선 가판대만큼 악취가 진동하는 누더기를 걸치고 있었다.

"우리가 지금 헤매는 걸로 보여?"

"이 동네 사람이 아닌 것 같아서 그렇게 말한 것뿐이야. 남의 동네에 와서 곤란한 일이 생기면 안 되잖아?"

"웃기고 있네."

아이시스가 실실 웃는 키 작은 소년을 쏘아보며 물었다.

"원하는 게 뭐야?"

"언터처블하고 어울려 다니는 꼴이 보기 싫어서 말이야. 내가 무슨 말 하는지 알지?"

순간 아이시스는 심장이 덜컥 내려앉았다. 이 자식들이 어떻게 오라이언의 정체를 알았지? 만약에 오라이언에게 무슨 일이라도 생기면 자기 인생도 완전히 망하는 것이었다.

"너, 엄청 좋은 구두를 신었네?"

덩치 큰 흑인이 오라이언을 위아래로 훑으며 말했다. 그제야 상황 파악이 되었다. 녀석들은 오라이언이 누구인지 모르고, 공동 학교의 교복을 입은 모습만 보고 쫓아온 것이었다. 저지대에 살면서 공동 학교에 다니는 애들은 괜스레 밉상 취급을 당하기도 하니까.

"신발 벗어서 쟤들한테 줘."

아이시스가 대장처럼 보이는 소년의 손에서 칼날이 번쩍이는 걸 보고 오라이언에게 말했다. 오라이언이 옆으로 조심스럽게 다가왔다.

"전에도 네 앞에서 말한 적이 있을 텐데, 나는 강요당하는 거 딱 질색이야."

"너, 지금 잘난 척하냐?"

잠자코 있던 대장이 오라이언의 말에 성질을 버럭 냈다.

아이시스는 사태를 진정시키기 위해 닥치는 대로 아무 말이나 하기 시작했다.

"잘 들어. 지금 물러나면 더 이상 문제 삼지 않을게. 계속 이러면 우리 동네 친구들이 가만히 있지 않을 거야. 저지대에 함부로 들어온 대가를 톡톡히 치르게 될 거라고."

"아이고, 무서워라. 겁나서 죽겠네. 이년아, 입 닥쳐. 그래도 너는 귀여우니까 나중에 상대해 줄게."

대장이 빈정거리자 오라이언이 한 발짝 앞으로 나섰다. 대체 뭘 하는 걸까? 여긴 네 잘나신 경호원들도 없다고! 아이시스는 갑갑해서 가슴이 터질 것만 같았다.

"지금부터 셋을 셀게. 하나, 둘, 셋 정도는 알지? 아, 아는지 모르는지 확실히 해 두려고."

오라이언은 이렇게 말하고서 오른손을 높이 치켜들었다.

"자, 나는 엄지와 검지만 쓸 거야. 손가락을 세 개나 쓰면 너희가 앓아누울 지경이 될 테니까. 그러면 우리와 만난 걸 두고두고 후회하게 될걸? 그래도 내 구두를 빼앗고 싶어?"

대장 녀석이 상대를 물어뜯으려는 개처럼 입맛을 다시기 시작했다. 단단히 화가 난 모양이었다. 아무래도 오라이언이 이곳을 무사히 빠져나갈 가망은 없는 것 같았다.

오라이언은 천천히 숫자를 세기 시작했다.

"하나……, 둘……."

그 순간, 찢어질 듯한 비명이 거리에 울려 퍼졌다. 대장 녀석이 칼을 떨어뜨리고는 죽겠다고 울부짖었다. 그러자 뒤에 서 있던 떨거지들도 무슨 일인가 싶어 주춤하며 허둥댔다.

"가자!"

오라이언이 잽싸게 아이시스의 손을 붙잡아 부교 골목으로 뛰어들었다. 둘은 미친 듯이 달렸다. 불량배들은 따라오지도 않았다.

얼마나 달렸을까? 숨이 너무 차서 잠시 어느 폐선 옆에 멈춰 섰다. 아이시스는 언터처블과 몸이 닿을 만큼 가까이 있다는 걸 깨닫자 갑자기 몹시 불편해졌다.

"대체 무슨 짓을 한 거야?"

아이시스가 짐짓 아무렇지 않은 듯이 오라이언에게 말을 걸었다.

"내가 마법사인 거 몰랐어?"

"재미없거든?"

"호신용 캡슐을 썼어. 내가 외출할 때면 아버지가 꼭 챙기라고 신신당부하시는 캡슐이지. 과보호라고 생각하지만……, 나는 아버지 말씀을 잘 듣는 착한 아들이니까. 이걸 펜던트에 넣어서 항상 목에 걸고 다녀."

오라이언이 아이시스에게 지름이 몇 밀리미터밖에 안 되는, 구슬처럼 생긴 호신용 캡슐을 선뜻 보여 주었다.

"이걸 엄지와 검지로 꾹 누르면 강력한 독가스가 발사돼."

"이것 때문에 그렇게 자신만만했구나?"

"왜, 고마워? 그럼, 이제 너희 집에 데려가 주는 거야?"

"꿈 깨시지."

그들은 다시 저지대 출입구로 돌아갔다. 아이시스는 가는 길에 마주친 동네 친구들에게 다른 동네 애들이 몰려왔다는 이야기를 전했다. 친구들은 동네 아이들을 다 불러내야겠다며 급히 흩어졌다.

"나랑 있는 게 그렇게 재미없어?"

아이시스가 자꾸만 시계를 확인하자 오라이언이 서운한 듯이 물었다.

"어, 그게 아니라……. 음, 내가 화요일마다 하는 일이 있는데 늦으면 안 돼서."

"무슨 일인데?"

"중요한 일."

"보고서에다 밝히면 안 되는 일이야?"

"절대로 밝혀선 안 돼. 보고서 작성자가 전혀 알 수 없는 분야거든."

"나한테도 알려 주면 안 되는 거야? 방금 네 목숨을 구해 준 은인이잖아?"

"걔들이 내 목숨을 원했던 건 아니라고 보는데?"

"맞아, 목숨은 아니었지. 그래도 꽤 위험했던 건 사실이잖아?"

아이시스가 아무리 차갑게 쏘아붙여도 오라이언은 물러서지 않았다. 두 아이는 서로의 눈을 빤히 들여다보았다.

아이시스는 뭔가에 홀리기라도 한 듯 자기도 모르게 이런 말을 내뱉고 말았다.

"아무에게도 말하지 않겠다고 맹세할 수 있어?"

"물론이지, 맹세할게."

아이시스는 자신들을 보는 눈이 없는지 다시 한 번 확인한 뒤, 오라이언과 함께 배에 올랐다.

"그거 알아? 나, 이렇게 수수께끼 같은 거 좋아해. 돔에서만 살면 흥미진진한 일이 별로 없거든."

아이시스는 신이 나서 종알거리는 오라이언의 말을 한 귀로 흘려들으며 크게 노를 저었다.

“나도 좀 도울까?”

“그래, 둘이서 같이 저으면 속도가 좀 더 나겠지.”

처음에는 서로 노 젓는 동작이 어긋나는 바람에 제자리에서 한참을 빙글빙글 돌았다. 화가 날 법도 했지만 이 상황이 왠지 재미있게 느껴졌다. 두 아이는 바보처럼 실실 웃으며 물 위에서 지그재그를 그렸다. 마침내 오라이언이 보조를 잘 맞추자 배가 건물들 사이를 가로지르며 쭉쭉 나가기 시작했다. 오라이언은 여기저기 우뚝 솟은 고층 빌딩숲을 보고 좀 놀란 기색이었다.

“그러니까 예전에는 이렇게 큰 건물들이 사람으로 꽉 찼다는 거지?”

“응, 하지만 엄청 오래전 일이야.”

지구 온난화 때문에 2080년에 유럽 대륙과 비슷한 크기의 빙하가 북극에서 떨어져 나왔다. 빙하는 해류를 따라 남쪽으로 내려오면서 서서히 녹기 시작했다. 기후학자들은 해수면이 매년 수십 센티미터씩 상승할 거라고 예측했지만, 결과적으로는 6개월 만에 20미터나 높아졌다. 그 바람에 수백만 명의 인구가 졸지에 수재민이 되었다. 그리고 육지를 조금이라도 차지하려는 난민들 때문에 폭동과 전쟁이 연이어 일어났다.

그 후에는 끔찍한 기근이 이어져 지구의 인구가 10억 명이나 줄었다. 그게 끝이 아니었다. 수백 년 동안 잠잠했던 전염병이 돌기 시작했다. 그리고 다시 10억의 인구가 줄었다. 그제야 세계 각국은 문제의 심각성을 깨닫고 부랴부랴 돔 시스템 구축에 나섰다. 악천후, 질병, 굶주림이 미치지 못하는 안전지대, 즉 소수의 특권층만을 위한 공간……. 여기에 들어가지 못하는 사람들은 알아서 적응해야만 했다.

아이시스는 생각에 깊이 빠져 있는 오라이언을 물끄러미 바라보았다.

"노를 계속 저어. 이러다 늦겠어."

두 아이는 좀 더 힘을 내서 노를 저었다. 아이시스는 미행이 없는지 주위를 한 번 더 살핀 뒤, 침수된 고층 빌딩 내부에 숨겨 둔 부교로 배를 몰았다. 이곳은 과거에 사무실이었는지 자리와 자리 사이마다 칸막이가 그대로 남아 있었다.

"거기, 누구야?"

어둠 속에서 정체 모를 목소리가 들려왔다.

"아이시스."

"혼자가 아니네. 누구랑 같이 왔어?"

"친구야, 믿어도 돼."

곧이어 남자아이가 모습을 드러냈다. 아이의 손에 총이 들린 걸 보고 오라이언의 몸이 딱딱하게 굳었다.

"괜찮아. 긴장할 필요 없어."

"여긴 뭐 하는 데야?"

오라이언이 목소리를 낮추어 물었다.

"보면 알아……."

그들은 작은 들보를 이어 붙여서 만든 이동로를 아슬아슬하게 밟고 지나서 계단 앞까지 나아갔다.

"아이시스, 기다리고 있었어. 그런데 이 친구는 누구야?"

"걱정할 필요 없어."

보초병은 아이시스의 말에 고개를 끄덕이면서도 오라이언에게서 눈을 떼지 않았다. 아이들은 계단을 두 층 더 올라가 세미나실로 향했다.

세미나실 안으로 들어가자 갑자기 주위가 쥐 죽은 듯이 고요해졌다. 오라이언은 겁에 질린 눈으로 사방을 두리번거렸다. 그곳에는 백 명쯤 되는 아이들이 빼곡하게 들어차 있었다.

여섯 살부터 열다섯 살까지 나이대가 다양한 굶주린 아이들, 온몸이 상처투성이거나 얼굴이 기이해서 무섭다는 느낌이 드는 아이들, 키가 크고 작은 아이들, 피부색이 저마다 다른 아이들……. 그러나 뚱뚱한 아이는 한 명도 없었다. 공통점은 모두가 무기를 소지하고 있다는 것뿐이었다. 그때 덩치가 좋은 남자애 한 명이 앞으로 나오더니 아이시스의 손등에 입을 맞추고 깍듯이 허리를 숙였다.

"해저드, 쇼하지 마. 이 친구는 오라이언이야. 집회를 보러 왔어."

"내 친구의 친구는 나의 친구이기도 하지."

아이시스는 해저드가 악수를 청하며 손을 내미는 걸 보고 하마터면 심장이 멎을 뻔했다. 오라이언이 언터처블이라는 사실을 또 까맣게 잊고 있었다. 녀석이 악수를 거절하면 해저드가 가만히 있지 않을 텐데……. 다행히 오라이언은 아무렇지도 않게 해저드와 악수를 했다.

해저드가 팔을 들어 손가락으로 천장을 가리키자 아이들이 일제히 자리에 앉았다. 아이시스도 오라이언에게 앉으라고 손짓을 하고는 연단 중앙으로 나갔다.

"오늘은 역사 공부를 하겠습니다. 주제는 제2차 세계 대전입니다."

아이시스는 역사적 사건들을 설명한 뒤 아이들에게 질문을 받아 대답을 하는 방식으로 수업을 진행했다. 다들 아주 흥미롭다는 얼굴로 이야기에 집중했다.

마침내 수업이 끝나자 백여 명이나 되는 아이들이 뿔뿔이 흩어졌다. 아이시스에게 다가와 고맙다고 인사를 하고 가는 아이들도 있었다. 한참이 지나서야 세미나실에 아이시스와 오라이언, 그리고 해저드만 남게 되었다.

"무척 인상적이었어."

오라이언이 말하자 해저드가 고개를 끄덕였다.

"나도 잘 들었어."

"그런데 아이시스, 방금 그 아이들은 다 어디에서 온 거야?"

"어디에도 의지할 데가 없는 아이들이야. 부모가 죽었거나 큰 병에 걸렸거나, 그것도 아니면 찢어지게 가난한 아이들이지."

"부모가 녹조 마약에 빠진 경우도 있고."

"그럼, 네가 대장이야?"

해저드가 아이시스의 설명을 거들자, 오라이언이 본격적으로 질문을 퍼붓기 시작했다.

"뭐, 대충 그렇게 보면 돼. 하지만 우린 제법 민주적으로 움직여. 아이시스가 우리에게 민주적인 체계가 왜 중요한지 설명해 줬거든. 그래서 매년 대장을 새로 뽑고 있어."

"그렇다면 올해 대장으로 뽑힌 사람이 너란 말이구나? 그런데 너는 이곳에 어떻게 오게 된 거야?"

"음, 나는 생후 한 달쯤 됐을 때 쓰레기장에서 발견됐대. 먹을 것을 찾으러 갔던 사람이 발견했는데 못 본 체하기는 영 찜찜했는지 나를 거두어 키웠지. 하지만 그 사람이 2년 뒤에 끔찍하게도 돼지 독감에 걸려서 죽는 바람에 두 살에 다시 혼자가 됐지. 내가 살던 동네에는 입양 같은 것도 없어서, 그대로 죽을 날만 기다리고 있었어. 그때 어떤 여덟 살짜리 형이 날 살리겠답시고 작정하고 여기저기에서 먹을 것을 훔쳐와 나눠 줬지. 그러고는 내가 열 살이 될 때까지 보살펴 줬어."

"그 대단한 형도 이곳에 와?"

"아니, 그 형도 몇 년 안 돼서 죽었어."

해저드는 아무 감정이 느껴지지 않는 목소리로 담담히 말을 이었다.

"물고기 한 마리를 훔치다가 들켜서 칼을 맞았거든. 딱 한 방 찔렸는데 그대로 죽어 버렸지. 그날 알았어. 살아남으려면 더 빨리 움직이든가, 아니면 더 영리하게 굴어야 한다는 걸 말이야. 나도 그때 같이 죽을 뻔했어. 꼬맹이 혼자 길바닥에서 살아남기란 정말 힘들거든. 다들 자기 새끼 먹이기도 빠듯한데 나 같은 고아 처지야 말 안 해도 뻔하지. 사람들은 나를 보고도 못 본 체하기 일쑤였어. 하루가 다르게 여위어서 살아 있어도 시체 같은 몰골이었지."

"그래도 지금 이렇게 잘 살아 있잖아."

오라이언이 위로랍시고 말을 건네자 해저드가 빙긋 웃었다.

"숨넘어가기 직전에야 아무도 나에게 손을 내밀어 주지 않을 거라는 걸 깨달았어. 그래서 배를 훔쳐 침수 지역으로 왔지. 컴컴한 골목길에서 쓰러져 죽는 것보다는 여기 와서 죽는 게 나을 것 같더라고. 그러다가 웬 빌딩을 발견했는데, 옛날에 호텔로 쓴 건물이지 뭐야? 먹을 것이 있는지 샅샅이 뒤져 봤지만 이미 사람들이 다 털어 가서 텅 비어 있었지. 나는 이렇게 죽으나 저렇게 죽으나 마찬가지라는 생각으로 잠수를 했어. 물속에라도 먹을 게 좀 있지 않을까 싶어서. 그런데 운이 좋았다고 할까? 6미터 아래까지 내려갔더니 호텔 식품 창고가 있지 뭐야? 거기에 통조림이 잔뜩 있었어. 그 또한 우연이었지."

"기적이 일어났네!"

오라이언은 해저드의 사연에 푹 빠진 것 같았다.

"그래, 네 말이 맞아. 내가 이렇게 기적적으로 살아남은 건 그럴 만한 이유가 있어서가 아닐까, 하고 생각했어. 그래서 내 앞가림을 할 수 있게 된 뒤부터 버려진 아이들을 모아들이기 시작했지. 쓰레기장에서 날 구해 준 아저씨나 나에게 먹거리를 나누어 준 형처럼…… 나도 다른 아이들을 돕고 싶거든."

"그런데 이곳에서 아이시스는 뭘 하는 거야?"

오라이언이 묻자 해저드가 빙긋 웃었다.

"아이시스는 우리에게 행운의 마스코트라고나 할까? 침수 지역에 왔다가 우연히 만나 많은 이야기를 나눴지. 나는 아이시스 덕분에 교육이 얼마나 중요한지 깨달았어. 처음에는 솔직히 왜 그런 걸 해야 하나 싶었지만, 지금은 그 누구보다 열렬히 찬성하는 입장이야."

"오라이언, 우리 이제 돌아가야 해. 너무 늦었어."

아이시스와 오라이언은 해저드에게 인사를 하고 서둘러 배에 올랐다. 둘 다 말없이 묵묵히 노만 저었다. 아이시스는 오라이언이 왜 입을 다물고 있는지 궁금했지만, 아무것도 묻지 않고 함께 침묵을 지켰다. 침묵은 때때로 정신이 예기치 못한 길을 찾아 나아가는 데 도움을 주기도 하니까.

마침내 오라이언이 먼저 입을 열었다.

"정말 놀랍고 대단해. 네가 하고 있는 일 말이야."

아이시스는 어깨를 으쓱했다.

"그렇게 대단한 일은 아니야. 나는 그저 모두가 각자 할 수 있는 뭔가를 실천한다면 세상의 많은 문제가 해결될 수 있다고 생각해. 이곳에서 나고 자라면서 배운 게 하나 있다면, 불가능은 없다는 거야. 쉬운 건 하나도 없지만 불가능한 것도 없어. 해저드가 지금까지 살아 있는 것만 봐도 알 수 있잖아?"

"너는 뭘 하면 세상이 나아질 거라고 생각해?"

"변해 버린 기후는 돌이킬 수 없다고 생각해. 오랫동안 지켜보면서 기다려 왔지만 지구는 완전히 병들어 버렸으니까. 하지만 다른 쪽으로는 할 수 있는 일이 많아. 가령 식량 문제는……."

"NEP 정기 배급이 있잖아."

아이시스는 오라이언의 말에 빈정거리는 표정을 숨길 수가 없었다.

"아아, 그래. 사막에 모래알 하나 더 얹는 것 같은 미봉책 말이야? 진짜 문제는 식량의 자급자족을 적극적으로 도모하지 않고 보잘것없는 배급에 의존하는 데 있지."

"토양이 전부 산성비에 찌들었잖아. 돔 안이 아니면 농작물을 키울 수가 없다고!"

"나는 내 손으로 채소를 키워서 수확해 봤어. 작물이 산성비에 닿지 않도록 차양을 치고 비료만 약간 주면 돼."

"비료는 어디에서 구할 건데?"

"아쿠아포닉스."

"아쿠아, 뭐?"

아이시스가 아쿠아포닉스 개념을 설명해 주었지만, 오라이언은 도무지 믿지 못하는 눈치였다.

"좋아. 내 말을 못 믿겠다 이거지? 증거를 보여 주면 되잖아!"

결국 아이시스는 뱃머리를 돌려 농장으로 향했다. 노를 젓다 보니 플린 생각이 나면서 슬그머니 걱정이 되기 시작했다. 언터처블을 우리의 아지트, 비밀 정원에 데려가다니……. 플린이 이 사실을 알게 해선 절대로 안 될 것 같았다.

오라이언은 채소를 보고는 금세라도 눈이 튀어나올 듯 휘둥그레졌다. 수조 앞에 한참 동안 서서 물이 순환하는 파이프를 꼼꼼하게 관찰하더니, 손끝으로 호박을 건드려 보고 고개를 천천히 끄덕였다. 그다음에는 아이시스가 희망을 걸고 있는 채소밭을 구경했다.

"이건 아쿠아포닉스가 아니지?"

오라이언이 발육 상태가 나쁜 채소를 유심히 들여다보며 물었다.

"응, 거긴 다른 농법을 시험하고 있는 중이야. 이천 몇 년도인가에 파스칼 누트라는 사람이 식물은 환경에 자연스럽게 적응할 수 있다는 이론을 발표했어. 그러니까 물이나 비료를 주는 것 같은 수고를 하지 않아도 식물은 자란다는 거야. 잡초도 그렇잖아. 아무 신경을 안 쓰는데도 잘 자라지.

첫해는 식물이 겨우 살아만 있는 수준이었어. 열매라고 할 만한 것도 없었거든. 그래도 그걸 거둬서 씨를 다시 심었지. 이듬해가 되니까 그 전해보다는 괜찮은 토마토가 열리더라고. 지금 네 번째 세대까지 왔어. 그 토마토도 첫해에 열린 것에 비하면 세 배 크기야. 앞으로 삼사 년만 더 버티면 먹을 만한 채소가 열릴 거라고 생각해. 따로 공을 들인 건 없어. 물도 안 주었으니까. 식물은 주어진 환경에 조금씩 적응을 하거든. 산성비에 오염되지 않도록 잘 막아 주고, 그다음은 그냥 자연을 믿으면서 끈기 있게 기다리면 돼."

"근데 그 파스칼 뭐시기라는 사람은 왜 그런 방법을 찾아 놓고 널리 전파하지 못한 거야?"

"당시 거대 기업들이 철저하게 막았으니까. 그 사람은 여기저기에서 고소를 당하는 바람에 결국 망했어. 농사를 지으면서 농약이나 비료를 안 쓴다고 상상해 봐. 그런 걸 만들던 회사들이 무슨 수로 장사를 할 수 있겠어? 자본의 힘으로 밀어붙여서 그 회사들이 이겼고, 그 결과 지구는 이렇게 망했지."

오라이언은 아이시스의 말에 반박하지 않았다. 농장을 벗어나 저지대로 돌아오는 내내 아무 말이 없었다. 깊은 생각에 잠긴 듯했다.

덕분에 아이시스는 그 애를 몰래 관찰할 수 있었다. 인정하고 싶지는 않지만, 함께 보내는 시간이 길어질수록 오라이언이 마음에 들었다. 회색 교복도 썩 잘 어울려 보였다. 내면에 불을 숨기고 있어서 사소한 결점은 신경 쓰이지 않는 사람들이 있는데, 오라이언이 바로 그런 부류였다.

"굶주린 사람들이 폭도로 변하지 않게 하려면 어떤 방법을 써야 할까? 아이시스, 네 생각을 듣고 싶어."

문득 오라이언이 물었다. 아이시스는 한숨을 푹 내쉬었다. 아빠 생각이 나서였다.

"문제는 일자리야. 어떻게든 열심히 살아 보려고 노력하는 사람들은 아주 많아. 하지만 하루가 멀다 하고 로봇이 인간의 일자리를 죄다 빼앗고 있지. 로봇이 더 생산적으로 일을 하는 것 같으니까 말이야. 일자리 부족으로 얼마나 많은 가정이 쓰러지고 있는지 몰라. 이런 추세로 가다간 얼마 못 가서 심각한 폭동이 일어날 거야. 매주 뉴 어스로 보내는 사람을 10배로 늘리면 또 모를까……."

오라이언은 대꾸 없이 또다시 생각에 잠겼다.

저지대에 도착하자 아이시스는 괜히 마음이 헛헛해졌다. 이제 오라이언과 자신은 눈에 보이지는 않아도 분명히 존재하는, 계급을 나누는 선의 이쪽과 저쪽으로 돌아가야 했다. 그렇게 생각하자 심장이 따끔따끔했다. 오라이언도 자신과 같은 기분일까? 평생 서로를 이해하지 못하고 다른 세상에서 살아야 하는 아이들에게 이런 체험 학습을 하게 한 밴 두이크 선생님이 잔인하게 느껴졌다.

아이시스는 오라이언을 돔 입구까지 바래다주었다. 둘 다 아무 말도 하지 않았다. 오랜 침묵이 불편할 법도 했지만 아이시스는 이대로가 좋았다. 아이시스가 손을 살짝 흔들며 인사를 건넸다.

"잘 가."

"오늘 정말 고마웠어. 너랑 좀 더 있고 싶은데……."

두 아이의 눈이 허공에서 맞부딪쳤다. 아이시스는 먼저 고개를 돌렸지만, 오라이언이 계속 자기를 바라보고 있다는 것을 느낄 수 있었다.

오라이언과 헤어져 판잣집으로 돌아오는 길이 더 멀게만 느껴졌다. 저지대를 에워싼 회색도 그새 더 짙어진 것 같았다.

최악의 하루

"그래, 어제 똑똑이 양하고는 어떻게 지냈어?"

미란다가 차에 타자마자 대뜸 오라이언에게 물었다.

"넌 어땠는데?"

"얼마나 재미있었는지 넌 상상도 못 할걸? 진짜 웃겼다니까? 처음에는 좀 사근사근하게 굴었어. 플린이 마음을 놓게 만들어야 했거든. 걔가 침을 질질 흘리면서 돔 안을 구경하는 모습을 네가 봤어야 했는데! 숲을 보고서 기절하려는 거 있지? 플린을 우리 집에 초대한 다음에 막냇동생 수영복을 빌려줬어. 걔한테는 턱없이 작은 사이즈였지. 그리고 트랜, 샘, 앨리스를 미리 불러 놓고는 플린에게 수영을 같이 하자고 했어. 걔가 수영복을 갈아입고 나왔을 때 내가 비치 타월을 확 벗겼는데, 다들 20분은 배를 잡고 웃었을걸? 너도 한번 볼래?"

미란다가 태블릿을 내밀어 우스꽝스러운 몰골을 한 플린의 사진을 보여 주었다.

"엊저녁에만 '좋아요'가 700개나 찍혔어. 내가 올린 사진 중에서 최고 기록인 것 같아. 어때? 대박이지?"

"응, 대단하네."

오라이언은 건성으로 대답했다. 간밤에 잠을 이루지 못해 조금 피곤했다. 아이시스와 함께 보낸 시간은 낯설었지만, 어쩐지 그 후에 온전히 현실로 돌아오기가 힘들었다. 이런 기분을 다시는 느끼지 못할 것 같았다. 어제 오후는 그의 단조로운 삶 속의 괄호에 불과했다. 부모님이 그가 태어나기도 전에 정해 놓은 미래를 바꾸지는 못하는 사소한 일탈 같은 것이었다.

파커 그룹을 이끈다는 것은 왕좌에 앉는 것과 비슷했다. 막중한 책임이 아버지에게서 아들에게로 넘어올 테고, 부의 열매를 맺지 못하는 후계자는 저주를 받을 것이다. 오라이언은 아주 어릴 때부터 후계자 교육을 받았다. 학교 수업 외에도 매주 열 시간가량 기업과 관련된 법률, 국제 분쟁 관리, 설득의 기술 등을 배웠다. 물론 열다섯 살짜리 소년이 너끈히 감당할 만한 일은 아니었다.

오라이언은 자꾸만 아이시스 생각이 났다. 보통 애가 아니라는 걸 인정하지 않을 수 없었다. 누구라도 홀릴 듯한 초록빛 눈동자, 우아한 몸매, 이국적인 느낌과 세련미까지……. 그 모든 것이 완벽하게 조화를 이룬 아이였다. 사실 아이시스를 눈여겨본 것은 제법 오래되었다. 그동안 공부로는 자신과 대적할 정도로 우수한 학생이 거의 없었는데,

아이시스가 바로 그중 한 명이었던 것이다.

물론 예전에는 그 애를 성적에 목숨 건 그레이, 혹은 가난을 벗어나기 위해 작정한 독종으로만 여겼다. 그런데 학교에서 우연히 세게 맞부딪혔을 때, 눈앞에 주저앉아 있던 아이시스는 뭔가 달라 보였다. 생각보다 훨씬 연약하고 인간적인 느낌이 들었던 것이다. 그런 다음에 어제 반나절을 함께 보내고 나자 그러한 느낌이 더욱 확고해졌다. 아니, 그 느낌이 전부가 되었다. 아이시스는 외모보다 인성이 더 특별한 여자아이였다.

미란다하고는 정반대였다. 미란다는 여전히 자기가 플린을 멋지게 골탕 먹였다는 둥, 플린이 창피를 당하고서 매 맞은 개 같은 표정을 지었다는 둥, 그 애를 내보내고 집을 전부 소독했다는 둥, 그런 소리를 주접스럽게 떠들고 있었다. 미란다의 심장을 움직일 수 있는 것은 아무것도 없어 보였다. 아니, 애초에 심장이 있기나 할까? 그 애가 어리석음과 교만으로 세운 장벽이 워낙 높아서 딱히 해 줄 말도 없었다.

"오라이언, 내 말 듣고 있어?"

미란다가 다그치듯 말하자 오라이언이 한 박자 늦게 대답했다.

"응? 그럼. 너희 어머니가 언짢아하셨다고 그랬잖아."

"당연하지. 엄마가 플린을 보낸 뒤에 바로 학교에 전화했어."

그때 어딘가에선가 날아온 돌멩이가 방탄차 차창에 세게 부딪혔다가 곧바로 튕겨 나갔다.

"오스카, 이게 무슨 일이에요? 우리가 공격당한 거예요?"

미란다가 분통을 터뜨렸다.

“아가씨, 걱정하실 것 없습니다. 이 차는 더한 공격을 받아도 끄떡없으니까요.”

“저들이 왜 우리에게 돌을 던지는 거죠?”

“신경 쓰지 마세요. 바보 같은 어린애들의 장난일 뿐이에요.”

“MP에 당장 신고해서 저 애들을 잡아 가라고 해요!”

“벌써 멀리 도망쳤을걸요. 신고해 봤자 헛수고예요.”

“오라이언, 너는 왜 아무 말이 없어?”

미란다가 한마디 하라고 눈치를 주었지만, 오라이언은 딴생각에 빠져 끝내 대꾸를 하지 않았다.

“도대체 무슨 생각으로 이 구질구질한 동네에 학교를 지은 건지……. 학교가 돔 안에 있으면 이 꼴 저 꼴 다 안 봐도 되는데 말이야!”

미란다가 또 툴툴거리자 오라이언이 거리의 풍경을 지그시 바라보며 중얼거렸다.

“미란다, 그건 원칙의 문제야. 가난한 동네 아이들에게 우리가 함께 살 수 있다는 것을, 그들도 우리 속으로 들어올 수 있다는 것을 보여 줘야 하니까.”

“그런 건 다 듣기 좋은 개소리일 뿐이야.”

“그레이들이 정말로 작정하면, 우리를 공격해서 돔 속의 세상을 파괴할 수도 있다는 거 알아?”

미란다가 오라이언의 말에 펄쩍 뛰었다.

“뭐? 제정신으로 하는 말이야? 우리에게는 로봇이 있어. 그레이는 우리 상대가 안 된다고!”

"맞아, 처음에는 그렇겠지. 하지만 그들의 수는 우리의 백 배, 아니 그 이상이야. 돔이 아직 건재한 이유는 단 하나, 아직은 그들이 죽음을 각오하고 우리를 공격할 만큼 절망하지 않았기 때문이야. 왜 그런지 아니?"

미란다는 어깨를 으쓱해 보였다. 이런 대화를 계속하고 싶지 않았다. 오라이언이 다시 입을 열었다.

"우리가 자잘하게나마 희망의 근거를 흘려주기 때문이야. 먹거리를 좀 얻을 수 있겠다는 희망, 공동 학교에 들어갈 수 있다는 희망, 그리고 무엇보다 뉴 어스 개척자가 될지도 모른다는 희망……. 하지만 이제 한계에 도달했는지 거리마다 분노가 끓어오르고 있어."

"오라이언, 너 되게 이상한 거 알아? 무슨 일 있어? 누가 들으면 네가 그 사람들 편인 줄 알겠어."

순간 오라이언은 정신이 번쩍 들었다. 미란다에게 속을 다 들킨 듯해서였다. 이 일이 혹시라도 아버지 귀에 들어간다면 아주 골치 아파질 터였다. 속내를 감추어야만 했다.

"그래, 다른 얘기 하자. 어제 어땠는지 물었지?"

"그래, 궁금해 죽겠어."

"뭐, 네가 깜짝 놀랄 만한 일은 없어. 그레이들은 딱 내가 생각했던 그대로였거든. 대부분 글을 몰라서 세 단어 이상 연결하지를 못하더라고. 진짜 견디기 힘든 건 냄새였어. 썩은 내가 진동을 하더라. 그 동네를 걸어 다니는데 개똥밭도 이보다 낫겠다 싶을 정도였지. 하지만 그 동네에 개똥이 있을 리가 없잖아? 다 잡아먹었으니까 말이야."

"개똥을 먹어?"

"아니, 개를 다 잡아먹었다고."

"개도 먹어?"

"응, 그레이들은 움직이는 건 다 잡아먹는대. 쥐도 먹는다던걸."

"아, 끔찍해! 아이시스, 걔는 어땠어?"

"아이시스?"

오라이언은 무슨 말을 할까 잠시 고민했다. 가난한 동네에 대해서 지금껏 들었던 그렇고 그런 얘기를 옮기는 건 어렵지 않았다. 하지만 아이시스를 안 좋게 얘기하는 건 매우 난감한 일이었다.

"걔는…… 재미가 없어. 칙칙하고 따분해. 딱 그 동네 회색 하늘 같은 애야. 걔의 유일한 목표는 독하게 공부해서 나중에 우리 아랫사람이라도 되는 거겠지."

"애잔하네. 하긴 걔 처지에 그러지 않는다면 그게 더 놀라운 거지만."

미란다가 환한 얼굴로 말했다.

아이시스는 교실에 도착해 자리에 앉은 뒤 오라이언 쪽을 슬쩍 돌아보았다. 오라이언은 아이시스와 눈이 마주치자 빙긋 웃어 보였다. 아이시스는 그 모습을 보자 앞으로 일주일은 밥을 먹지 않아도 배가 부를 것만 같았다. 그때, 플린이 팔꿈치로 아이시스의 옆구리를 쿡 찔렀다.

"아야, 왜?"

"내가 뭘 본 거야? 너, 지금 쟤 보고 히죽거린 거 맞지?"

플린이 날카로운 목소리로 물었다. 뭐라고 대답할 겨를도 없이 교사 전용문이 확 열렸다. 교실에 들어온 사람은 놀랍게도 교장 선생님이었다.

"안녕하세요? 글레이어 선생님이 복귀할 때까지 이 반의 수업은 내가 진행합니다. 밴 두이크 선생님은 학교에서 파면을 당했어요. 교원 자격도 상실했고. 그 선생님의 교육관이 우리 학교는 물론, 다른 학교에도 적합하지 않기 때문입니다."

누군가 쭈뼛거리며 손을 들었다.

"그럼 보고서는요?"

"이제 신경 쓸 필요 없습니다. 태블릿에서 삭제해도 좋아요. 어제 체험 학습 때문에 충격을 받은 학생들이 있다면, 내가 학교를 대표해서 심심한 사과를 전합니다. 학부모님들에게도 오늘 아침에 공식 사과문을 이메일로 발송했습니다. 이제 이 문제는 더 이상……."

밴 두이크 선생님이 파면당하다니……. 아이시스는 속이 부글부글 끓어올랐다. 그레이들이 돔에 들어갔으니 교장실 전화기에 불이 났겠지. 선생님은 이렇게 되리라는 걸 예상하고도 우리에게 체험 학습을 시킨 걸까? 그런 생각을 하자 무척 착잡해졌다. 일상에서 벗어나 생각할 만한 의미 있는 활동을 제안한 사람은 지금까지 그 선생님 딱 한 사람뿐이었는데…….

아이시스는 그 뒤로 수업에 통 집중을 할 수가 없었다. 교장 선생님의 목소리는 단조롭기 그지없어서 마치 염불을 외는 것 같았다. 영원히 끝나지 않을 것 같았던 두 시간이 흐른 뒤 마침내 점심시간이 되었다. 할 수만 있다면 식판을 들고 오라이언 옆에 가서 앉았을 테지만 그럴 만한 용기가 없었다.

아이시스는 밥을 먹은 뒤 서둘러 화장실에 갔다. 학교 화장실이 동네의 공중 화장실보다 백배는 깨끗했다. 판자촌에는 집집마다 화장실이 갖춰져 있지 않아서 공중 화장실을 이용해야 했다. 아이시스가 오라이언을 절대로 집에 들이지 않으려고 했던 데는 그 이유도 한몫했다.

볼일을 보고 오물 분해용 박테리아 투척 버튼을 누르려는 순간, 밖에서 미란다의 목소리가 들려왔다. 망할 계집애가 플린에게 망신 준 일을 신이 나서 떠들어 댔다. 아이시스는 당장 문을 젖히고 나가서 미란다의 머리채를 휘어잡아 변기에 얼굴을 확 처박아 버릴까 하다가 간신히 참았다. 그런데 그때, 미란다 입에서 오라이언 이름이 튀어나왔다.

"오늘도 등굣길에 얘기를 많이 나눴어."

"걔가 뭐라고 했는데?"

미란다가 자랑하듯이 말하자 친구가 부러워하며 물었다.

"그레이들은 냄새가 난대. 그리고 개를 잡아먹는다지 뭐야?"

"진짜? 거짓말이지? 넌 그 말을 믿어?"

"당연히 믿지. 오라이언은 거짓말 안 해."

"거짓말이면 또 어때? 걘 진짜 귀엽잖아. 내가 짝이 됐으면 얼마나 좋았을까?"

미란다 절친 킴의 목소리였다. 저 두 사람은 부잣집 딸이라는 공통점 말고도 시건방진 태도에 텅텅 빈 머리, 요란한 화장까지 자매처럼 똑 닮았다. 킴은 갈색 머리이고 미란다는 금발이지만, 둘이 친자매라고 해도 믿을 정도였다.

"킴, 오라이언 넘볼 생각 하지마. 걔는 내 거야. 나랑 매일 함께 등교하는 사이라고. 다른 여자애한테 가는 꼴을 내가 가만히 보고 있을 것 같아?"

"흥! 나 말고 다른 여자애한테 가면 어쩔 건데? 가령, 가무잡잡한 얼굴에 초록색 눈의 여자애라면?"

"이마퀼레 무케바? 오라이언 파커가 그레이와 사귀겠냐? 너도 참 별 희한한 소리를 다 한다."

"어쨌든 예쁘잖아."

아이시스는 킴의 말에 좀 으쓱해졌다.

"걔가 예뻐? 그래, 봐줄 만은 하지. 오라이언은 걔가 공해에 찌든 하늘처럼 칙칙하다고 했어. 걔의 유일한 목표는 공부로 성공해서 우리 아랫사람이 되는 거라고도 했다니까? 오라이언이 말할 때 보니까 누더기 교복을 걸친 그 가슴 큰 계집애한테 아무 관심도 없는 것 같더라."

아이시스는 링에 기댄 채 연타를 당하는 권투 선수가 된 듯한 기분을 느꼈다. 스트레이트, 훅, 어퍼컷! 케이오 패였다.

아이시스는 미란다와 킴이 쿡쿡대며 수다를 떠는 소리를 무시하려고 애썼다. 그애들이 하는 말은 사실 아무렇지도 않았다. 멸시와 중상모략에 맞서는 법은 이미 어느 정도 익혔으니까. 그 정도는 모기에 물린 셈치고 넘어갈 수 있었다. 처음에는 좀 가려워도 시간이 지나면 다 없어지니까.

하지만 오라이언이 했다는 말은 도저히 그냥 넘어갈 수가 없었다. 결국 오라이언도 미란다와 똑같은 인간이었다. 그런 애한테 버림받은 아이들과 농장까지 다 보여 줬다니…….

아이시스는 오늘만큼은 엄마의 위로가 간절히 필요했다. 저지대에 사는 사람들은 흉흉한 소식에 익숙했다. 그런 소식에 일일이 무너지지 않으려다 보니 독해질 수밖에 없었다. 대개 안 좋은 일은 아주 먼 데서 오기 마련이지만 오늘은 어쩐지 좀 달랐다. 아이시스는 잠시 헛바람에 취해서 동화 같은 일을 꿈꾸다가 큰 배를 정면으로 들이받고 침몰하는 듯한 기분을 느꼈다.

집에 도착해 현관문을 열어 보니 엄마와 아빠가 식탁에 마주 앉아 있었다. 오후 네 시밖에 되지 않았는데 아빠는 감자술을 홀짝이고 있었다. 뭔가 심상치 않은 일이 일어난 모양이었다. 엄마의 충혈된 눈과 눈물 자국이 말라붙은 뺨을 보건대, 좋은 소식일 것 같지는 않았다. 또 한 번 큰 배를 들이받은 기분이었다.

지금까지 살아오면서 가장 재수 없는 날을 뽑는다면 오늘은 반드시 메달권에 들어갈 것이다. 아이시스는 엄마에게 위로받기도 글렀다는 생각을 하면서 식탁 의자에 털썩 주저앉았다. 그러고는 말없이 엄마의 얼굴을 뚫어져라 보았다.

"아이시스, 엄마가…… 임신을 했어."

엄마가 울음을 참으면서 가까스로 말했다.

"병원에 가요. 엄마가 필요로 하는 걸 의사가 줄 거예요."

아이시스는 놀란 마음을 감추고 현실적인 조언을 했다.

"너무 늦었어. 꿈에도 생각하지 못했거든. 먹은 게 없다 보니 몸무게도 전혀 늘지 않았고. 벌써 4개월이래……."

이게 결정타로구나! 임신 4개월이라니. 빈민가 가정에서 키울 수 있는 아이는 최대 2명, 여기에 예외는 없었다. 엄마는 이제 임신 중단약을 복용하기에도 너무 늦었으니 수술을 받는 수밖에 없었다. 먹고 죽을 돈도 없는데 수술받을 돈이 어디서 나온단 말인가! 이런 일을 몰래 해 주는 돌팔이들도 있지만 그들을 둘러싼 소문은 흉흉하기 그지없었다. 그들의 '진료실'은 러시안룰렛이라고 생각하고, 죽어도 어쩔 수 없다는 심정으로 가는 곳이었다.

"그래서 NEP 추첨에 응모했어. 어쩌면 한 번쯤은 우리에게도 그런 행운이 있지 않을까 하고."

아빠가 힘없는 목소리로 중얼거렸다.

뉴 어스라……. 그래, 그런 해결책이 있긴 했다. 뉴 어스에는 산아 제한이 없을 뿐만 아니라 오히려 출산을 권장하는 추세라고 했으니까. 아이시스는 한숨이 절로 났다. 우리에게 정말 뉴 어스 개척자로 당첨될 행운 같은 게 있을까?

"잠깐 나가서 동네 한 바퀴 돌고 올게요. 어차피 내 말은 아무도 듣지 않을 테니까."

아이시스는 자리에서 벌떡 일어나 집을 나왔다. 갑갑해서 터질 것만 같은 속을 누구에게라도 털어놓고 싶었다. 그래서 저지대 안에서도 가장 후미진 동네로 향했다. 엄마는 그곳에 가는 걸 질색했지만 지금은 아무래도 상관없었다. 저지대에 산다고 해서 가고 싶은 곳에 갈 수 있는 자유까지 빼앗긴 건 아니니까.

아이시스는 카리마 할머니의 움막 앞에서 발을 멈추었다. 할머니는 이 동네에서 가장 나이가 많은 어른이었는데, 그래서 그런지 늙은 마녀라는 소문도 있었다.

"들어와라, 아이시스. 어서 들어와."

할머니가 대체 어떻게 아는 건지는 몰라도, 자기 집 앞에 누가 와 있으면 문을 열기도 전에 다 알아맞혔다. 아이시스는 움막 안으로 들어가 할머니 앞에 앉았다. 할머니는 양반다리를 한 채로 늘 똑같은 자리에 앉아 있었다. 밥을 먹거나 화장실에 가려고 일어나지도 않는 듯했다. 문득, 왕좌에 버티고 앉은 할머니의 모습을 상상하다가 아이시스는 자기도 모르게 피식 웃고 말았다.

"늙은이를 놀리면 못 쓴다."

할머니가 부드럽게 타이르듯이 말했다. 마치 아이시스의 상상을 엿보기라도 한 듯이.

"울적한 마음이 들 때는 그러지 마라."

역시, 여기 오길 잘했다. 카리마 할머니는 정말로 신기(神氣)가 있었다. 노인들은 다 저런 재주를 갖게 되는 걸까? 저지대에서는 환갑을 넘기는 사람이 드물었다. 고질적인 습기와 영양실조, 그리고 질병 때문에 평균 수명이 짧기 때문이었다. 할머니와 할아버지도 일찍 돌아가셨기 때문에 아이시스는 카리마 할머니가 친할머니처럼 느껴졌다.

아이시스는 할머니를 물끄러미 바라보았다. 얼굴과 온몸이 자글자글한 주름으로 뒤덮여 있어서 이백 살은 족히 됨직해 보였다. 하지만 일단 할머니와 눈이 마주친 사람은 겉모습은 아무것도 아니라는 사실을 바로 깨닫게 되었다. 어두운 밤처럼 새까맣지만 여전히 형형한 빛을 뿜어내는 눈, 사람을 발가벗기는 것처럼 예리한 할머니의 눈에는 그만큼 힘이 있었다.

"그래, 우리 예쁜이. 오늘 무척 힘들었구나?"

"그런 것 같아요."

아이시스는 지체 없이 카리마 할머니에게 모든 것을 털어놓았다. 오라이언에게 느낀 실망, 그 애가 다시 불을 지핀 미움까지 남김없이 쏟아냈다. 엄마의 임신 소식도 전했다. 조언을 듣고 싶었지만 할머니는 아무 말이 없었다. 그저 고개를 간간이 주억거리면서 아이시스의 얘기를 듣기만 했다.

할머니는 한참 만에 입을 열었다.

"좀 놀랍구나."

"뭐가요? 우리 엄마가 임신한 거요?"

"너도 착각을 한다는 게 놀라워."

아이시스는 눈살을 찌푸렸다. 할머니와 이야기를 나누고 있노라면 가끔 외줄을 타는 듯한 기분이 들었다.

"오라이언 말씀이세요?"

할머니가 고개를 끄덕였다.

"너는 정확한 근거를 가지고 다른 사람을 판단할 줄 아는 아이야."

"지금은 아니라는 뜻이에요?"

"네 심장은 뭐라고 하니?"

"지금까지 다 말씀드렸잖아요. 그 애가 미란다라는 머저리 같은 계집애에게 뭐라고 했는지 말이에요."

"네가 직접 들은 건 아니잖니? 아이시스, 쓸데없는 고집 피우지 마."

카리마 할머니는 곧잘 정신 차리라는 식으로 말하곤 했다. 아이시스는 그런 말을 듣는 게 좋았다. 할머니가 자기를 좋아하고 걱정하기 때문에 하는 말이었으니까. 물론 그런 말을 순순히 이해하고 받아들이기까지는 시간이 좀 걸렸지만…….

그때, 이렇게 속삭이는 소리가 들려왔다.

"오라이언이 하는 말을 네가 직접 들은 건 아니잖아?"

아이시스는 깜짝 놀라서 할머니를 바라보았다. 카리마 할머니는 입을 꾹 다문 채 눈을 지그시 감고 있었다. 할머니가 텔레파시라도 보낸 걸까? 아이시스는 이 말도 안 되는 생각을 떨치기 위해 세차게 도리질을 했다. 그래도 의문은 사라지지 않았다. 오라이언이 정말 자기 입으로 그렇게 말했을까? 만약 그랬다면 그게 그 애의 진심일까? 그 독살스러운 계집애가 다 지어낸 소리는 아닐까? 아냐, 미란다는 너무 맹해서 그런 얘기를 지어내서 떠들지도 못한다고!

"할머니가 보기에 제 가슴이 커요?"

아이시스가 대뜸 묻자 할머니가 웃음을 터뜨렸다. 나이가 많은 사람이 금방이라도 숨이 넘어갈 것처럼 웃으니 괜히 불안한 마음이 들었다. 저러다가 큰일이라도 나면 어쩌지?

"귀여운 아이시스, 네 가슴은 더할 나위 없이 예쁘단다. 그 독사 같은 계집애가 질투가 나서 막말을 한 거잖니?"

미란다가 질투를 한다고? 그 돈 많고 예쁜 언터처블이? 금발에 희고 깨끗한 피부, 크고 푸른 눈까지 다 가진 애가? 할머니 말을 곧이곧대로 믿기는 어려웠다. 설사 그렇다 하더라도 오라이언에 대한 의문은 쉬이 풀리지 않았다.

"답을 얻을 자격이 있는 사람에게는 답이 알아서 찾아온단다."

카리마 할머니가 엄숙하게 말하고는 아이시스가 지금까지 한 번도 들어 보지 못한 언어로 기도문을 읊기 시작했다.

아이시스는 할머니의 뺨에 뽀뽀를 한 뒤 움막을 나왔다. 아까 움막에 들어갈 때보다 마음속 의문은 더 늘어나 있었다. 오라이언, 미란다, 엄마까지……. 이런저런 생각이 머릿속에서 바쁘게 휘몰아쳤다.

태풍의 전조

슬픔은 나와 거리가 멀다. 나는 늘 회색보다 좀 더 선명한 색을 좋아했다. 감정에 대해서도 마찬가지다. 슬픔은 매사를 칙칙하고 무미건조하게 만든다. 슬픔과 우리의 하늘을 가리는 스모그가 한 쌍이라고 해도 전혀 놀랍지 않을 정도로.

'오라이언에게 직접 물어봐야 해.'

이 생각이 밤새 아이시스의 머릿속을 떠나지 않았다. 그래서 등교하자마자 기회를 엿보았지만 오라이언 곁으로 다가가기가 쉽지 않았다. 정말 이상하게 생겨 먹은 학교였다. 그레이와 언터처블 모두 끼리끼리 붙어 지내면서 자기네들만의 보이지 않는 막에서 좀체 벗어나지 않았다. 그레이는 언터처블에게 편하게 말을 걸 수조차 없었다. 그렇게 단

한 번의 기회도 없이 하루가 흘러갔다.

그러다 마지막 수업 시간이 되었다. '깊이가 균일한 물속에 고개를 집어넣고 몸을 수평으로 유지한 채 이동하기', 쉽게 말해서 수영을 배우는 시간이었다. 체육 시간마다 왜 이렇게 학습 목표를 거창하고 장황하게 설정하는지 이유를 알 수 없었다.

아이시스는 오라이언 옆 레인을 사수하기 위해 필사적으로 애썼다. 너무 표가 나면 안 될 것 같아 일부러 같은 레인은 피했다. 오라이언이 물에 뛰어드는 것을 확인하고서 바로 출발했다. 최대한 따라잡으려고 했지만, 여간 힘든 게 아니었다. 녀석은 수영을 월등히 잘했다. 그래도 아이시스는 최선을 다해서 1미터 남짓 거리를 두고 간신히 따라잡았다. 오라이언도 뭔가 눈치를 챘는지 속도를 살짝 늦추었다.

"우리 얘기 좀 할래?"

아이시스가 팔을 열심히 저으며 말했다.

"무슨 얘기?"

"내가 칙칙하고 따분한 애라고 했다며? 내 꿈이 너희 시중이나 드는 거라고?"

수영장 레인 끝에 도착해 방향을 바꾸어 벽을 박차고 나가는 순간, 아이시스와 오라이언의 눈이 슬쩍 마주쳤다. 오라이언의 눈을 보니 정말로 미란다에게 그런 말을 했다는 것을 단박에 알 수 있었다.

"날 가지고 논 거니?"

아이시스는 이 말을 내뱉고는 전력을 다해 앞으로 치고 나갔다. 고개를 물 밖으로 내밀 생각도 하지 않았다. 그저 본능적으로 숨을 한번

들이마신 뒤 미친 듯이 앞으로 나아갔다. 동작 하나하나가 오라이언에게 날리는 주먹이라고 상상하면서…….

아이시스는 수영장에 분노를 쏟아냈다. 어이없게도 눈물이 찔끔 났다. 다행히 아무도 자신의 눈물을 보지 못했다. 레인을 세 번 왕복하자 진이 다 빠져서 물 밖으로 나와 버렸다.

"아이시스, 수업 아직 안 끝났어."

"저, 몸이 좀 안 좋은 것 같아요. 죄송한데 보건실에 가도 될까요?"

다행히 선생님은 아이시스의 말을 곧이곧대로 믿어 주었다.

아이시스가 수영장 밖으로 나가려는데 오라이언이 큰 소리로 불렀다.

"아이시스, 잠깐만!"

아이시스는 잠시 멈칫했지만 뒤도 돌아보지 않고 수영장을 빠져나갔다. 벌게진 눈과 일그러진 얼굴을 오라이언에게 보여 주고 싶지 않았다.

"네가 생각하는 그런 거 아니야……."

오라이언의 말을 한 귀로 흘려들으며 탈의실 문을 닫던 아이시스는 수영장 가장자리에 매달려 자신을 쏘아보고 있는 미란다와 눈이 마주쳤다. 찰나였지만 미란다의 눈에서 태풍의 전조가 어른거리는 듯했다.

미란다의 엄마, 그러니까 이리나 베르손은 보석을 세공하듯이 자신의 미모를 가꾸고 다듬기 바쁜 여자였다. 그녀는 미모가 자신의 가장 큰 무기라는 것을 잘 알았고, 그 무기를 완벽하게 활용해 지금의 자리까지 올라왔다. 그래서 미용에 관한 한 세세한 부분까지 놓치는 법이 없었다.

미란다 엄마는 손톱 관리를 받다가 손가락에 매니큐어가 묻자 하녀에게 대뜸 신경질을 냈다.

"래티시아, 조심하랬지? 이 일을 하고 싶어서 목매는 애들이 널리고 널렸다는 거, 너도 잘 알잖아?"

"네, 마님. 죄송합니다. 앞으로 더 주의하겠습니다."

미란다 엄마는 방 안으로 들어오는 딸을 보고는 표정이 확 풀어졌다. 자신을 쏙 뺀 푸른 눈과 도도한 자세, 그녀는 딸에 대한 자부심이 컸다. 가슴이 좀 빈약한 것이 흠이었지만 나중에 수술을 해 주면 완벽해질 터였다.

"우리 딸, 학교는 잘 다녀왔니?"

"응, 엄마. 오늘 수영을 2킬로미터는 한 것 같아."

미란다 엄마는 칼로리 계산에만 빠삭할 뿐 그 외의 단위 감각이 별로 없었기에 2킬로미터가 어느 정도인지 알지 못했다. 그녀에게는 몸매 관리보다 중요한 일이 없었으니까. 그래서 개인 트레이너와 영양사 자격을 갖춘 요리사의 도움을 받으며 대부분의 시간을 몸매 관리에 할애했다.

"참 잘했구나. 아주 훌륭해."

"근데 엄마, 아빠네 회사에서 지금도 매주 NEP 추첨 위원회에 감독하러 들어가?"

"응, 갑자기 그건 왜 묻니?"

"그럼 특정인을 당첨시키는 것도 가능해?"

"세상에! 미란다, 지금 무슨 말을 하는 거야? 무작위로 당첨자를 정하는 게 추첨 원칙이야. 월드스페이스십을 타고 뉴 어스로 떠날 기회는 모든 가난뱅이들에게 똑같은 확률로 공정하게 주어지거든."

잠시 후, 손톱 손질이 끝나자 미란다 엄마는 하녀를 밖으로 내보냈다. 그러고는 문이 잘 닫혔는지 확인한 뒤 딸에게 귓속말을 했다.

"그렇지만 모든 규칙에는 예외가 있는 법이지. 일에 융통성을 발휘할 수 없으면 기껏 높은 자리를 차지해 봤자 무슨 재미가 있겠니? 그래, 누구를 뉴 어스로 보내고 싶은데?"

"이마퀼레 무케바."

"맨날 일등만 하는 그레이 여자애?"

미란다 엄마는 학교의 연간 성적 통지표에서 자주 보았던 그 이름을 기억하고 있었다. 그레이 여자애가 언터처블 아이들보다 우수하다는 사실을 받아들이기 어려워서 분개한 적도 있었다. 그레이들을 너그러이 봐주고 무르게 대하면서 어떻게 두 발 뻗고 살 수가 있는지! 자신에게 결정권이 있다면 그 못된 것들이 돔으로 쳐들어오게끔 살살 유도한 다음에 전부 레이저를 쏴서 죽여 버리고 싶었다.

"걔를 왜 뉴 어스로 보내고 싶은데?"

"그냥, 꼴도 보기 싫어서. 걔 때문에 미치겠어. 공부 좀 한다고 만날 어깨에 힘주고 다니고, 남자애들에게 추파나 던진단 말이야."

"아무리 그래도 언터처블 남자애들은 못 건드리겠지."

"걔가 제일 눈독 들이는 남자애가 오라이언이야."

"오라이언 파커?"

"그렇다니까, 엄마."

"아니, 가망이 전혀 없잖아. 오라이언 파커가 그레이 여자애를 만나겠니? 하늘이 두 쪽 나도 안 될 일이야!"

"오늘 오후에도 오라이언이 걔한테 말을 붙였거든?"

미란다 엄마는 안락의자에서 벌떡 일어나 방 안을 초조한 듯이 왔다 갔다 했다. 같잖은 그레이 계집애가 자기 딸과 오라이언 사이를 방해하다니……, 있을 수 없는 일이었다. 미란다를 오라이언과 이만큼 붙여 놓는 것도 적잖이 힘들었는데!

"걱정 마. 엄마가 다 알아서 처리할게. 그 주제도 모르는 계집애는 다음번 뉴 어스행 월드스페이스십에 태워서 멀리 보내 버리자꾸나. 엄마, 믿지?"

미란다는 그제야 엄마를 보고 활짝 웃었다. 예쁘게 컬이 진 금발과 반짝반짝 빛나는 푸른 눈이 꼭 천사 같았다.

"엄마, 고마워! 진짜 최고야! 엄마 없었으면 어떻게 살았을까 몰라."

믿기 힘든 기적

나는 저지대가 좋다. 물 위에 띄워 놓은 이 너절하고 잡다한 판잣집들과 늘 위태롭게 흔들리면서 집과 집 사이를 연결하는 수십 쪽의 부표들……. 이 불규칙성과 불완전성, 그리고 놀라운 적응력이 좋다. 저지대는 그렇고 그런 동네가 아니요, 영혼 없는 수상 가옥들의 집합소도 아니다. 이곳은 살아 움직이는 생명체, 우리를 기꺼이 품어 줄 만큼 선한 생명체다.

"됐다, 아이시스! 우리가 됐어!"

엄마가 미친 사람처럼 침대 주위에서 펄쩍펄쩍 뛰는 바람에 아이시스는 눈도 제대로 뜨지 못한 채 시계부터 확인했다.

"엄마, 아직 새벽 여섯 시잖아요!"

아이시스는 엄마가 이러는 걸 난생처음 보았다. 대체 뭐가 됐다는 거지? 갑자기 정신이 번뜩 들었다. NEP 추첨! 아이시스는 침대를 박차고 일어났다. 재크도 벌써 일어나 있었다. 엄마가 재크의 손을 잡아 침대에서 끌어내더니 빙그르르 돌면서 춤을 추었다.

"엄마……, 확실한 거예요?"

"조금 전에 NEP 측의 공식 이메일을 받았어. 1분도 채 안 됐지만 진짜야! 아빠가 이 자리에 없어서 어쩌니? 연락할 방법이 없어. 어서 알려야 하는데! 이 버러지 같은 생활도, 자나 깨나 먹거리 걱정하는 나날도 이제 끝이야. 뉴 어스에 도착할 때까지 NEP가 생활을 다 책임져 주니까! 그곳에 도착하면…… 우리도 릴리 이모네처럼 살 수 있어. 우리 농장과 가축이 생길 거야. 그리고 우리 땅에서 농사를 짓게 될 거라고……."

토마토나 호박 몇 개를 거둬들이기까지 얼마나 오랫동안 고민하고 연구하며 공을 들였던가. 뉴 어스에서는 무슨 농작물이든 땅에 심을 수 있는 데다 물만 줘도 무럭무럭 자란다고 했다. 어제는 부실한 호박조차 축복 같더니 오늘은 그런 게 다 무슨 소용이 있을까 싶었다.

"아이시스, 정말 굉장하지 않니? 엄마가 아기를 지킬 수 있게 됐어!"

엄마가 재크의 손을 놓고 배를 두 손으로 쓰다듬으면서 말했다.

"정말 잘됐어요, 엄마."

아이시스는 억지로 미소를 지으면서 엄마를 껴안았다.

1만 분의 1이라는 불가능에 가까운 확률을 뚫고 당첨되었으니 좋아서 펄쩍펄쩍 뛰는 게 정상일지도 모른다. 하지만 아이시스는 전혀 기쁘지 않았다. 솔직히 말해서 당첨될 거라고는 꿈에도 생각하지 않았다. 그런 기적이 세상에 존재하기는 해도, 자신들과는 아무 상관 없는 일이라고 생각했다. 심지어 당첨 소식을 듣고선 벼랑 끝에 내몰린 듯한 기분까지 들었다.

“그런데 엄마……, 내 친구들은요?”

아이시스가 눈을 질끈 감았다 뜨면서 중얼거리자 엄마가 제정신이냐는 듯이 바라보았다.

“친구들? 플린 말이니?”

실제로 아이시스에게는 플린 말고는 친구가 거의 없긴 했다. 친구를 사귈 만큼 마음이 편한 적이 없었으니까. 물론 플린 없이 잘 살 수 있을 것 같지 않았지만, 그보다 자꾸만 오라이언 생각이 났다.

“아이시스, 미안해. 하지만 금방 새 친구가 생길 거야.”

“엄마, 나는요……. 그냥 이렇게 사는 게 좋았어요.”

아이시스가 용기를 내어 말하자 엄마가 꼭 안아 주었다.

“물론 완벽하게 좋지는 않았어요. 그래도 구(舊)뉴욕에서 잡동사니를 주워다가 뭔가를 만들고, 채소 키우는 법을 개발하고, 공부를 열심히 하고……. 그런 게 다 좋았어요.”

“알아, 아이시스. 엄마도 다 알아. 하지만 뉴 어스에 가면 누구나 더 좋은 기회를 잡을 수 있어. 죽어라 공부하지 않아도 네 농장을 가질 수 있을 거야.”

농장? 채소가 무럭무럭 자라서 굶어 죽을 일이 없다는 그 농장? 멋지군. 하지만 내 꿈이 농장 주인이 되는 거였나? 아이시스는 갑자기 엄마가 외계인처럼 낯설어 보였다. 그러다 문득 지구를 떠나면 가족 모두 외계인이 된다는 사실을 깨달았다. 외계인 아이시스 무케바라니…….
농장 주인이 되는 것보다 외계인이 되는 게 더 싫었다.

아이시스는 뉴 어스로 가는 길을 상상해 보았다. 시가처럼 생긴 원통형 우주선에 갇혀 6년을 지내야 한다니. 길어도 너무 길었다. 뉴 어스에 도착하면 스물한 살이 될 것이다. 한창 어리고 좋은 시절을 초속 2만 킬로미터로 우주를 돌파하는 쇳덩어리 속에 갇혀 지내야 하다니…….

한편, 오라이언은 아이시스와의 오해를 풀기로 작정하고 학교에 갔다. 아이시스에게 미란다나 다른 언터처블들과 똑같은 부류로 보이고 싶지 않았다. 체험 학습을 그레이들에게 창피 줄 기회로 삼는 그런 놈들과 동급으로 묶이기는 싫었다. 미란다 앞에서 괜히 연기를 했다는 자책마저 들었다.

그래서 등굣길 내내 미란다와 거의 말을 섞지 않았다. 대답도 하는 둥 마는 둥, 단답형으로 대꾸만 하고는 바로 입을 닫았다. 오라이언은 아이시스에게 어떻게 사과를 할지 고민하기에도 바빴다. 아이시스는 의심이 많은 성격이라서 사과를 순순히 받아 줄 것 같지 않았다.

어쩌면 아무 일도 없었던 것처럼 그냥 넘어가는 것이 현명할지도 몰랐다. 그들이 친구가 될 일은 결코 없을 테니까. 교복, 남들의 시선, 돈……, 그 밖에도 두 사람 사이에는 많은 장해물이 있었다. 어차피 사는 세계가 달랐다. 하지만 오라이언은 아이시스와 다시는 이야기도 나눌 수 없고, 그 애의 미소도 볼 수 없다고 생각하자 도저히 참을 수가 없었다.

교실에 도착하자마자 아이시스부터 찾았지만, 그 애 자리는 텅 비어 있었다. 오라이언은 과감히 그레이들의 구역으로 넘어가 플린에게 다가갔다.

"아이시스가 어디에 있는지 알아?"

"지금 나한테 말을 건 거야?"

플린이 고깝다는 듯이 오라이언을 쳐다보며 빈정거렸다.

"플린, 난 그냥 물어보는 거야."

"오라이언, 솔직하게 말할게. 나는 언터처블들에게 딱히 신경을 안 쓰고 살았어. 그런데 얼마 전부터 지독한 언터처블 알레르기가 생겨서 말이야. 한 방 날리기 전에 썩 네 자리로 꺼져."

오라이언은 자칫 상황이 더 악화될까 봐 조용히 물러나 자리로 돌아왔다. 책상에서 물건을 주섬주섬 꺼내는 내내 교실 문에서 눈을 떼지 못했다.

오늘은 병가를 냈던 글레이어 선생님이 복귀하는 날이었다. 선생님은 학생들을 조용히 시키고 나서 입을 열었다.

"좋은 소식이 있어서 그 얘기부터 할게요. 우리 반에 뉴 어스 이주라는 행운을 붙잡은 학생이 있어요. 출발이 임박했기 때문에 급히 준비하느라 오늘부터 학교에 오지 못할 거예요. 아이시스가 바로 그 행운의 주인공이에요!"

교실이 웅성웅성 소란스러워졌다. 그레이존에서는 주로 질투 섞인 탄성이 일었고, 언터처블존에서는 아니꼽다는 듯이 수군대는 소리가 더 많았다.

곧 수업이 시작되었지만 오라이언은 아무 소리도 들리지 않았다. 그는 멍한 눈을 하고 앉아서 자신이 아이시스를 단순한 친구 이상으로 좋아하고 있다는 것을 어렴풋이 깨달았다. 원하는 것은 뭐든지 손가락 두 개만 튕기면 가질 수 있는 그가, 정말로 원하는 단 하나를 맥없이 떠나보내게 생긴 셈이었다. 파커 제국의 후계자만 아니라면 지금 당장 천금이라도 내놓을 수 있었다. 회색 교복과 밥맛 떨어지는 급식에도 영원히 만족할 수 있을 것만 같았다.

그 후 한 시간 내내 월드스페이스십, 우주여행, 뉴 어스에 대해서 아버지에게 들었던 이야기를 전부 기억해 내기 위해 골몰했다. 아버지는 자나 깨나 그런 얘기밖에 하지 않았기 때문에 그 정보만 해도 무척 방대했다.

오라이언은 수업이 끝난 뒤 다시 플린을 찾아가 단도직입적으로 말했다.

"아이시스가 떠나기 전에 꼭 전하고 싶은 말이 있어."

"세상 잘나신 오라이언 파커가 말귀를 못 알아먹는 건가? 나는 언터처블하고 볼일 없어. 아이시스를 꼭 만나야겠거든 너희 아버지에게 방탄차로 좀 데려다 달라고 하든지. 뭐, 그래도 조심해야 할 거야. 저지대에서 그 차가 가라앉지 않고 굴러갈지는 잘 모르겠거든."

오라이언은 플린과 실랑이를 벌이고 싶지 않아서 아무 대꾸도 하지 않았다. 플린이 언터처블이라면 치를 떠는 것도 충분히 이해가 갔다. 미란다가 아주 대단한 일을 해냈으니까. 오라이언은 교실을 벗어나는 플린의 뒷모습을 보며 잠시 부러워했다. 플린은 이 길로 곧장 아이시스의 집으로 달려가겠지?

“그래서, 곧 떠난다고?”

아이시스는 플린의 목소리에 재빨리 뒤를 돌아보았다.

“너희 집에 갔더니 부모님은 네가 어디에 갔는지 모르겠다고 하시더라. 그래서 비밀 정원에 있을지도 모른다고 생각했지. 아는 어부 아저씨에게 배를 빌려서 왔어.”

플린이 다가와 의자에 앉았다. 아이시스와 플린은 파도가 일렁이는 바다를 하염없이 내려다보았다. 방파제가 있어도 바다는 쉴 새 없이 고층 빌딩에 와서 부딪히며 희뿌연 물거품을 뿜어냈다.

“오늘은 바람이 꽤 높네. 거의 폭풍이 부는 수준이야.”

아이시스는 플린의 말에 아무 대답도 하지 않았다. 머릿속에서도 폭풍이 휘몰아치고 있었으니까.

“뉴 어스로 떠나게 됐는데 표정이 왜 그래? 너 대신 가라면 갈 사람들이 줄을 섰어.”

“너에게 양보할 수만 있다면 그러고 싶어. 진심이야.”

“아이시스, 이런 행운은 없어. 너희 엄마 소식도 들었어. 그 아기가 복덩이인가 봐.”

“난 행운 같은 거 바란 적 없어.”

“나라고…… 널 보내는 게 좋은 줄 알아?”

플린의 눈에 눈물이 그렁그렁했다. 아이시스는 플린의 손을 붙잡고 중얼거렸다.

“내가 이곳에 얼마나 남고 싶은지…… 넌 모를 거야.”

“그렇다면 여기에 있어.”

“아니, 그럴 순 없어. 우리 부모님은 어떡하라고?”

“우리, 당장 짐을 챙겨서 멀리 떠나 버리자!”

아이시스는 플린의 말에 픽 웃고 말았다.

“플린, 넌 정말 좋은 친구야. 하지만 그러면 안 돼.”

“왜? 뉴 어스에 가기 싫다며! 그냥 나하고 지구에서 살자. 내가 꼭 행복하게 해 줄게.”

아이시스는 플린의 손을 놓고 입술을 깨물었다. 아무리 노력하고 잘해 줘도 너에게는 그런 감정이 생기지 않는다는 말을 어떻게 해야 할까?

“플린, 난 그럴 수 없어.”

“부모님은 핑계지? 내 말이 틀려?”

아이시스는 아무 말도 하지 않았다. 무거운 침묵이 대답을 대신했다. 플린이 자리에서 벌떡 일어나 양동이를 세게 걷어찼다. 양동이는 멀리 날아가 성난 파도에 잡아먹혔다.

“뭐가 문제야? 내가 그렇게 부족해?”

“그런 말 하지 마. 난 널 좋아하지만 우리는 남매 같은 사이잖아.”

“남매? 아니, 난 네 오빠나 남동생이 되기 싫어. 난 널 사랑해. 늘 그랬다고!”

“그만해, 플린.”

"그 자식 때문이지? 그래서 정신을 못 차리는 거 아니야? 눈부시게 하얀 교복을 입고 큰 차를 타고 다니는 부자 새끼!"

"그런 말 하지 마. 사람 마음이 어디 마음대로 되니? 그리고 오라이언하고는 상관없어."

"체험 학습 나간 날, 둘이 뭐 했어?"

"우리가 사는 모습을 보여 줬을 뿐이야. 그게 다야."

"설마 그 새끼를 여기까지 데려온 건 아니지?"

"그럼 안 돼?"

"미친, 이런 쓰나미 같은! 그 더러운 부자 새끼를 여기에 데려왔어? 아이시스, 걔들이 왜 썩어 나게 돈이 많은 줄 알아? 우리한테서 다 가져가서 그래! 걔들은 모든 걸 가졌고 우린 아무것도 없지. 언터처블은 지구의 암적인 존재야. 그런데 걔한테 우리의 비밀 정원을 열어 줬단 말이야?"

"플린, 언터처블이라고 해서 다 똑같은 건 아니야. 썩어 빠진 건 시스템이지, 사람이 아니라고. 오라이언은 미란다와 달라. 나는 걔가 썩 괜찮은 아이라고 생각했어. 걔가 그렇게 부자로 태어나고 싶어서 태어난 것도 아니잖아. 우리도 가난뱅이로 태어나고 싶어서 태어난 게 아니듯이."

"지금 네가 무슨 말을 하고 있는지 알아? 내가 알던 그 아이시스가 맞긴 하니? 너의 그 잘난 오라이언이 우리에 대해서 뭐라고 떠벌리고 다녔는지 알잖아. 냄새난다, 개를 잡아먹는다, 칙칙하고 재미없는 인간들이다……. 물론 너도 포함해서 한 말이지. 그런데 넌 무슨 생각을 하는 거야? 걔가 널 전용 헬리콥터에 태워서 돔 안으로 데려가 살게 해 준대? 그래 봤자 너는 걔한테 노리개밖에 안 돼. 나는, 나는…….”

“플린, 나는 내일 이곳을 떠날 사람이야.”

플린은 고개를 푹 떨군 채 잠시 동안 말을 잇지 못했다.

“그래, 잘 가.”

“잠깐만! 이렇게 헤어진다고? 다시는 못 볼 텐데…….”

플린은 이 말만 남긴 채 매몰차게 돌아서 가 버렸다. 뒤도 한 번 돌아보지 않았다. 파도 소리가 그 애의 발소리를 금세 묻어 버렸다.

아이시스는 바닥에 무릎을 꿇고 주저앉아 버렸다. 플린과 이렇게 헤어지는 건 정말 말도 안 되는 일이었다.

불길한 흔적

오라이언은 아버지에게 어떻게 말을 꺼내야 할지 밤새 고민했다. 아버지는 고분고분 설득당할 만한 사람이 아니었다. 오라이언은 기회가 단 한 번뿐이라는 것을 잘 알고 있었다. 적절한 표현을 골라서 얘기를 매끄럽게 풀어 나가지 못하면 그걸로 끝이었다.

그래서 아버지가 출근하기 직전에 얘기를 꺼냈다.

"아버지, 저 NEP 시설을 보고 싶어요."

오라이언 어머니가 놀란 얼굴로 물었다.

"무슨 바람이 불어서 그러니? 네가 아버지 사업에 관심을 끊은 지 벌써 몇 년은 된 것 같은데?"

"어머니, 저도 이제 다 컸잖아요. 우리 회사에 대해서 알고 싶어졌어요. 그게 다예요."

“페넬로피, 그냥 둬. 무슨 말을 하는지 한번 들어 보자고. 아들내미가 NEP에 관심을 보이다니, 기분이 썩 괜찮은데? 그래, 이번 주말에 함께 NEP 시설을 방문하자꾸나.”

“오늘 가면 안 돼요?”

“오늘은 학교에 가야지. 얘가 지금 무슨 소릴 하는 거야?”

어머니가 야단을 쳤지만 오라이언은 기왕 아버지에게 점수를 딴 김에 좀 더 밀어붙였다.

“학교보다 아버지 옆에서 배우는 게 더 많을걸요?”

과연 아버지의 얼굴에 오만한 미소가 번졌다. 오라이언은 속으로 빙고를 외쳤다. 오랜만에 마음이 맞은 부자는 몇 년 만에 처음으로 함께 집을 나섰다. 아버지는 그날 잡힌 일정을 다 취소하기까지 했다. 오랜 노력의 결실을 드디어 후계자에게 보여 준다는 생각에 마냥 기뻤다.

파커 부자는 전용기를 타고 한 시간 정도 날아가 멕시코에 도착했다. 55도의 사막에서 쓰러지지 않기 위해 전용기에서 내리기 전에 냉각 슈트로 갈아입었다. 중앙아메리카 일대는 지구 온난화로 전부 사막화되어, 말라붙은 땅에는 돌과 모래, 죽어 가는 선인장, 그리고 이미 죽어서 바짝 마른 도마뱀 시체들뿐이었다.

오라이언 아버지는 이 용광로 같은 땅에 월드스페이스십 부품 생산 공장을 세웠다. 공장 지대는 끝이 보이지 않을 만큼 광활했는데, 부지만 해도 수십 평방킬로미터나 되었다. 공장은 모두 자동화되어 근무하는 사람은 한 명도 없었고, 아주 가끔 기계가 고장날 때만 유지 보수 인력이 투입되었다.

아버지는 오라이언에게 공장 내부를 보여 주었다. 기계들이 군무를 추듯이 일사분란하게 착착 움직이고 있었다. 수백 대의 로봇이 다닥다닥 붙어서 거대한 컨베이어 벨트로 쏟아져 나오는 부품들을 조립했다.

"봐라, 이 컨베이어 벨트 하나가 이 공장에서 저 공장까지 다 연결되어 있어. 아주 실용적이지 않니?"

오라이언은 실용적인지는 모르겠지만 인상적이긴 하다는 생각을 했다. 우주로 발사되는 왕복선들의 군무는 한층 더 인상적이었다. 마치 벌집에서 튀어 나가는 꿀벌들 같다고나 할까? 20초에 한 대 꼴로 부품을 탑재한 왕복선이 월드스페이스십 건조 현장으로 출발했다. 그와 동시에 부품 전달을 마치고 짐을 실으러 오는 왕복선의 행렬도 끊이지 않았다.

오라이언은 아버지와 함께 그 왕복선 중 한 대에 탑승했다. 그들이 탄 왕복선은 거대한 엘리베이터로 이어지는, 끝이 보이지 않는 줄에 진입했다.

"저 엘리베이터는 꼭 봐야 해. 진짜 대단한 물건이거든."

오라이언이 아버지의 말에 선창 밖을 물끄러미 바라보았다. 푸른빛이 도는 거대한 기둥이 바닥에서부터 스모그에 가려 보이지 않는 저 높은 곳까지 쭉 뻗어 있었다. 기둥의 높이는 100킬로미터도 넘을 것 같았다. 이 우주 엘리베이터 덕분에 왕복선들은 대기권 진입에 따르는 충격 없이 우주로 떠나거나 지구로 돌아올 수 있었다.

"지난 백 년을 통틀어 가장 신기하고 놀라운 기술을 꼽자면 이게 아닐까? 이런 중력장이 개발되기 전까지 수천 명의 과학자와 엔지니어가 풀리지 않는 문제를 붙잡고 괴로워했단다. 월드스페이스십 건조 프로젝트에서 지구의 중력을 벗어나야 한다는 조건은 에너지 비용을 엄청나게 잡아먹거든. 그러한 전환을 가능케 하는 구조물을 오랫동안 상상만 했지. 하지만 높이 100킬로미터 이상이라니, 높아도 너무 높잖아? 게다가 처음에는 너무 거창하게 설계하는 바람에 구조물이 무게를 이기지 못해 붕괴할 위험이 높았단다. 하지만 중력장 자체는 무게가 없지. 에너지 비용은 높지만 우주선 건조 현장이 제대로 돌아가려면 없어서는 안 되는 시스템이야."

오라이언은 중력장에 에너지를 공급하는 세 개의 핵발전소를 눈여겨보았다.

곧이어 두 사람이 탑승한 왕복선이 좁은 원기둥 속으로 빨려 올라갔다. 오라이언은 사방을 둘러싼 화려한 색채를 보고 깜짝 놀랐다. 마치 파란색과 초록색 만화경 속에 들어와 있는 것처럼, 빛의 기둥 외에는 아무것도 보이지 않았다.

"기분이 이상하지?"

오라이언은 아버지의 물음에 고개를 끄덕였다. 설비 견학은 그가 생각했던 것보다 훨씬 흥미진진했다. 오라이언의 유일한 목표는 아이시스가 앞으로 6년을 지내게 될 월드스페이스십을 둘러보는 것이었지만, 솔직히 이 어마어마한 우주선 제조 공장과 중력장 우주 엘리베이터는 일부러라도 구경할 만한 가치가 있었다.

30분이 지나자 왕복선이 마침내 우주에 진입했다. 오라이언은 몸이 붕 뜨는 듯한 느낌을 받았다.

"안전벨트는 꼭 해야 한단다."

오라이언은 안전벨트를 맨 뒤 검고 푸른 우주와 무수히 많은 별을 바라보았다. 마법 같았다. 창밖의 장관에서 눈을 뗄 수가 없었다. 한참이 지난 후에야 아버지가 어깨를 툭툭 치는 바람에 현실로 돌아왔다. 드디어 월드스페이스십 건조 현장에 도착한 것이다.

오라이언 아버지가 거대한 시가처럼 생긴 우주선을 가리켰다.

"VM-523호야. 곧 출발할 월드스페이스십이지. 지금 물품을 싣는 중인 것 같구나."

오라이언이 월드스페이스십 후미로 드나드는 왕복선을 바라보며 물었다.

"언제 출발해요?"

"내일 저녁. 그리고 다음 편은 일주일 후……. 지금쯤 이미 대기 중이겠구나."

오라이언은 고개를 끄덕이며 VM-523호를 주의 깊게 바라보았다. 이제 저곳이 아이시스의 집이 될 거라 생각하니 가슴속이 따끔거렸다. 우주선에는 커다란 온실도 있었고, 우주의 어둠과 뚜렷하게 대조되는 녹지도 있었다.

"저 안에 들어가 봐도 돼요?"

오라이언이 묻자 아버지는 손목시계를 확인하며 고개를 저었다.

"그건 좀 곤란해. 지구로 다시 돌아가는 데만 해도 한 시간이 넘게 걸릴 테니까."

오라이언은 애써 실망을 감추었다. 아버지는 자신에게 이미 많은 것을 양보한 참이었다.

"그만 갈까?"

"네. 아버지, 오늘 정말 감사했습니다."

오라이언은 마지막으로 한 번 더 월드스페이스십을 돌아보았다. 그러고는 그 자리에서 눈살을 찌푸린 채 굳어 버렸다. VM-523호의 선체에서 유난히 밝은색으로 칠해진 부분이 눈에 띄었던 것이다. 오라이언의 O자를 닮은 저것은…….

"아버지, 뉴 어스까지 가는 데 정확히 시간이 얼마나 걸리죠? 약간의 오차를 감안해서요."

"6년하고도 2개월인가? 내 기억이 맞다면 아마 그럴 거다."

"지구로 돌아올 때는 좀 더 빠른가요?"

"그럴 수는 없어. 우주에는 기후 변화가 없으니 우주선의 이동 속도가 일정하고, 또 이동 거리가 달라지지 않으니 돌아올 때도 갈 때와 똑같은 시간이 걸리지."

6년 2개월의 두 배라면 12년 4개월. 지구와 뉴 어스 사이를 왕복하는 데 12년 이상이 걸린다면, 어떻게 10년 전에 지구를 떠난 월드스페이스십이 벌써 여기에 와 있는 거지? 오라이언은 VM-523호의 선체에 보이는 동그란 자국이 10년 전 VM-001호에 발생한 테러의 흔적이라고 확신했다. 최초의 월드스페이스십을 뉴 어스로 보낸 그날의 기억이 아직도 생생했다.

'아냐, 내가 착각한 거야.'

오라이언은 마음을 다잡았다. 그러나 무시무시한 의심이 고개를 슬금슬금 쳐들었다. 만약 잘못 본 게 아니라면 어쩌지?

오라이언은 집에 돌아오자마자 피곤하다며 자기 방에 틀어박혔다. 그러고는 디지털 단말기를 켜서 NEP를 검색해 보았다. 프로젝트에 대한 문서만 수백 개가 나왔다. 놀랄 일은 아니었다. 포털 사이트에 가장 먼저 뜨는 것은 각국 정부의 홍보 채널이었다. 내로라하는 정부들이 가난한 사람들에게 지구를 떠날 기회가 얼마나 큰 행운인지 강조하면서 매주 추첨에 응모하라며 홍보하고 있었다. 오라이언은 그런 웹페이지는 거들떠보지도 않았다. NEP 홍보물이라면 이미 달달 외우고 있었으니까.

그다음에는 NEP가 안겨 준 혜택을 소개하는 경제 관련 사이트를 유심히 보았다. 뉴 어스 개척자들의 생활 조건은 크게 개선되었고, 각국 정부의 사회 지원 비용은 절감되었으며, 지구에 남은 빈곤층은 좀 더 나은 지원을 받게 되었으니, 누이 좋고 매부 좋은 일이라는 분석이 주였다. NEP에 협력한 국가들은 모두 경제 성장률이 크게 높아졌다. 오라이언은 찾고 있는 정보가 아니어서 경제학자들의 찬사도 대충 넘겼다.

다음 검색 작업은 시간과 수고가 많이 들었다. 뉴 어스 개척자들이 소셜 네트워크를 통해서 지구에 있는 친척이나 지인에게 보낸 동영상 메시지를 일일이 재생해 보았다. 대부분은 개척자로 인생 역전하고 살기 좋은 뉴 어스에서 잘 지내고 있다는 내용이었다.

오라이언은 왠지 모르게 빈정대고 싶은 마음이 불쑥 치솟았다. 동영상을 통해 뉴 어스의 풍부한 식물상과 동물상을 엿볼 수 있었지만, 열

개 정도 보고 나니까 거기서 거기인 듯한 느낌을 받았던 것이다. 기분 좋은 말도 한두 번이지……, 하나부터 열까지 판에 박힌 듯이 비슷하다 보니 김이 팍 샜다.

웹사이트를 얼추 백 개쯤 보았을 무렵, 뭔가 이상한 부분이 눈에 확 들어왔다. 소규모 발행물에서부터 거대 방송국의 텔레비전 뉴스에 이르기까지, 모두가 한목소리로 NEP를 찬양하고 있었다. 이 일방적인 열광이 어쩐지 미심쩍었다.

걸음마보다 웹 서핑을 먼저 배운 오라이언은 웹에 떠도는 정보를 경계해야 한다는 것을 잘 알고 있었다. 그는 돈이 아까운 것보다 호구가 되기 싫어서 인터넷 쇼핑을 할 때면 반드시 후기를 확인한다는 나름의 철칙을 갖고 있었다. 안 좋은 후기밖에 없는 상품은 사지 않지만, 좋다고 떠드는 후기밖에 없는 상품도 사지 않았다. 오라이언은 세상 물정을 모르는 도련님이 아니었다. 흑 아니면 백, 단 두 가지 시선으로 세상을 바라보지도 않았다.

인터넷에 NEP를 떠받드는 찬사만 넘쳐난다면, 의심할 여지 없이 정부가 자기들 입맛대로 정보를 통제하고 있는 것이다. 그건 아주 손쉬운 일이었다. 오라이언은 검색어를 'NEP 문제점'으로 바꿔 보았다. 검색 결과가 없었다. 의심이 확신으로 굳어졌을 뿐이어서 크게 놀라지도 않았다. 웹상에서 상당한 시간과 수고를 들여 정보를 통제하는 세력이 있는 게 분명했다.

오라이언은 전략을 수정했다. 정부의 의사 결정을 비판하는 독립 언론 사이트들을 집중적으로 조사하기 시작했다. 식수 관리, 식량 배급,

공해 문제 해결에 대한 투자 미비와 관련한 수많은 논쟁을 볼 수 있었다. 그러나 NEP에 대한 비판이나 논의는 여기에서도 찾을 수 없었다.

오라이언이 얻어 낸 쓸모 있는 정보는 단 하나뿐이었다. 개척자들은 세계 곳곳의 NEP 기지에서 왕복선을 타고 출발하는데, 그중 뉴욕 기지가 오라이언이 사는 돔에서 몇 킬로미터밖에 떨어져 있지 않다는 것이었다. 어쩌면 아이시스에게 마지막 인사 정도는 할 수 있을지도 몰랐다. 오라이언은 얼른 주소를 메모하고 휴대폰으로 전화를 걸었다.

"〈오피니언〉지의 안내 데스크입니다. 무엇을 도와 드릴까요?"

"안녕하세요? 저는 공동 학교에 재학 중인 학생인데, NEP에 관한 보고서를 작성해야 해서요. 어떤 주장이든 찬성과 반대 의견을 다 소개해야 하는 보고서인데, NEP에 대해서는 반대 입장을 찾기가 무척 어렵더라고요. 이런 주제를 자유롭게 다룰 수 있는 언론사는 〈오피니언〉 밖에 없다고 생각해서 연락드렸어요."

"관련 부서의 기자님을 바꿔 드리겠습니다."

오라이언은 그 후에도 똑같은 말을 두 번이나 되풀이해야 했다. 세 번째로 전화를 받은 상대는 그나마 시원시원하게 대답했다.

"안녕하세요? 편집장 카일 디 보어입니다. 그러니까 NEP에 대한 비판적인 견해를 듣고 싶다는 거죠?"

"네, 그렇습니다."

"저희는 NEP를 둘러싼 의혹이나 소문을 확산할 뜻이 없습니다. NEP가 지구를 구원할 기적의 프로젝트가 분명하다는 것이 저희의 입장입니다."

"하지만……."

"누구에게 사주를 받아서 이런 일을 하는지 모르겠지만, 어린 학생들을 더러운 검열에 이용하지 말라고 전해 주십시오."

"편집장님, 잠시만요! 저는 정부나 뭐 그런 쪽과 아무런 관계가 없어요. 저는 오라이언 파커라고 합니다."

갑자기 전화기 너머가 조용해졌다.

"아서 C. 파커의 아들이란 말입니까?"

"네, 발신자 위치 추적으로 확인해 보셔도 돼요. 신문사에 그런 장비가 있을 텐데요."

"잠시 기다려 주시겠습니까?"

오라이언은 시키는 대로 잠자코 있었다. 곧 편집장의 목소리가 다시 들렸다.

"그렇군요. 뉴욕 1번 돔, 파커 가 저택으로 발신자 위치가 잡히네요. 보고서 이야기는 대체 뭡니까?"

"죄송해요, 제가 어설픈 거짓말을 했습니다. 하지만 NEP에 대한 부정적인 입장을 듣고 싶다는 요청은 거짓이 아니에요."

"애석하게도 그 요청은 받아들일 수 없습니다. 학생은 세상 누구보다 그 의문에 대한 답을 찾기에 유리한 입장에 있으니까요."

"아버지의 시선을 피해서 조사를 하려고 그랬어요."

"우리도 학생의 아버님에게 주목받고 싶지 않습니다. 학생, 우리는 아무것도 해 줄 수 없습니다. 아까도 말했다시피 NEP는 지구를 구원할……."

"기적의 프로젝트란 말씀이시지요? 그런 상투적인 의견은 됐습니다. 업무를 방해했다면 죄송해요. 그럼, 안녕히 계세요."

오라이언은 전화를 끊고 한숨을 쉬며 침대 위에 널브러졌다. 편집장이라는 사람은 아버지를 두려워하는 눈치였다. 정보는 철저히 차단되어 있었다.

시간이 흐를수록 아까 VM-523호의 선체를 제대로 본 게 맞는지 의심스러워졌다. 선창의 그림자가 비쳐서 그 부분만 밝게 보였는지도 몰랐다. 아니면 운석 충돌 사고를 보수한 흔적일 수도 있었다. 시간은 재깍재깍 흘러갔고, 오라이언은 그대로 선잠이 들었다.

잠시 후, 휴대폰 벨소리가 그를 얕은 잠에서 확 끌어냈다. 모르는 번호였지만 혹시나 해서 얼른 전화를 받았다.

"편집장님?"

"아니, 난 밴 두이크다."

"밴 두이크 선생님이라고요?"

"시간이 없으니 빨리 말할게. 통화 시간이 30초를 넘으면 추적당할 수 있거든. 지금은 추적을 따돌리는 장치를 깔아서 누가 우리의 대화를 들을 위험은 없어. 음……, 〈오피니언〉지의 편집장이 내 친구인데, 네가 희한한 요청을 했다면서 연락을 해 와서 말이야. 너를 믿어도 되느냐고 묻더구나."

"그래서 뭐라고 대답하셨어요?"

"NEP 관련해서 특별한 정보를 원한다면 닐 해리스를 만나 봐. 저지대 입구에 '마지막 기회'라는 선술집으로 가서 찾으면 돼. 아인슈타인이라는 옛 친구가 보냈다고 하면 이야기를 들을 수 있을 거야."

오라이언은 어안이 벙벙해서 뭐라고 대꾸조차 하지 못했다.

"내가 한 말 다 알아들었지?"

"네. 닐 해리스, 마지막 기회, 그리고 아인슈타인."

"그럼 됐어."

"고, 고맙습니다."

전화는 이미 끊어져 있었다.

오라이언은 시계를 보았다. 밤 아홉 시였다. 집이 커서 좋은 점이라면 조용히 밖으로 빠져나가도 표가 잘 나지 않는다는 것이었다. 부모님은 오라이언이 방에 없어도 저택의 다른 곳에 가 있으려니 했다.

오라이언은 집 밖으로 나오다가 차고 앞에서 퇴근 준비를 하던 운전기사 오스카와 마주쳤다.

"오스카, 나 좀 태워 줄 수 있어요?"

운전기사가 못마땅하다는 표정으로 오라이언을 바라보았다.

"도련님이 이렇게 늦은 시각에 돔 밖으로 나가는 걸 부모님께서 아시면 퍽이나 좋아하시겠어요."

"제발 부탁이에요. 무척 중요한 일이에요. 부모님이 절대 눈치채지 못하시게 할게요."

"좋아하는 여학생과 관련된 일인가요?"

운전기사가 한쪽 눈을 찡긋했다.

"그런 거 아니에요. 아니, 관련이 있긴 있는데……."

오라이언은 자기도 모르게 입에서 튀어나오는 대로 아무 말이나 해 버렸다. 운전기사는 그 모습을 보고 한결 풀어진 표정으로 웃다가 갑자기 입을 꾹 다물었다.

"설마 미란다를 만나러 가는 건 아니죠?"

오라이언은 기가 막혀서 헛웃음이 나왔다.

"미란다요? 내가 미쳤어요? 당연히 아니죠."

"그럼 됐어요. 얼른 타세요."

집에서 조금 멀리 벗어났을 때, 오라이언은 용기를 내어 부탁을 하나 더 했다.

"오스카, 내가 입은 것보다 좀…… 수수한 옷 한 벌만 빌려줄래요?"

"도련님, 제가 지금 정말로 큰 위험을 무릅쓰는 것 같긴 한데 말이지요. 마침 뒷좌석에 제가 갈아입으려고 했던 옷이 한 벌 있네요."

그 시각 아이시스는 자신의 인생 전체를 여행용 가방 하나에 정리하고 있었다. 기분이 이상했다. 아빠는 상업 지구에 가서 텔레비전을 팔아 여행용 가방 네 개를 사서 돌아왔다. 집에서 유일하게 값나가던 물건이 사라지니까 기분이 매우 묘했다. 안내 책자를 보니 월드스페이스십에는 모든 선실에 그 텔레비전 두 배 크기의 스크린이 설치되어 있다고 했다.

아이시스는 갈매기의 목구멍으로 꿀떡꿀떡 넘어가는 물고기가 된 심정으로 물건들을 정리했다. 옷은 많이 가져갈 필요가 없었다. 우주선에 탑승하면 우주복을 받게 될 테니까. 아주 어렸을 때부터 자신이 가진 얼마 안 되는 물건을 곱게 쓰는 버릇을 들였기 때문에 이렇게 급격한 변화가 너무 낯설기만 했다.

선실까지 가져갈 물건을 고심해 고르다 보니, 플린과 함께했던 행복한 순간들이 주마등처럼 스쳐갔다. 그리고 오라이언과 저지대를 돌아다녔던 그날의 기억이 간간이 섬광처럼 번득였다. 한쪽은 십년지기 친구이고, 다른 쪽은 고작 몇 시간을 공유한 사이에 불과했다. 하지만 머릿속에서는 오라이언의 모습이 더욱더 또렷하고 생생했다. 아이시스는 문득 치밀어 오르는 그리움을 몰아내려고 애를 써 보았지만, 뜻대로 잘되지 않았다. 곧 잃게 될 모든 것에 대한 상념이 걷잡을 수 없는 밀물처럼 자신을 집어삼켰다.

그때 방 한쪽에서 훌쩍거리는 소리가 들렸다. 재크였다. 녀석은 엄마가 시킨 대로 짐을 싸면서 소리 죽여 울고 있었다. 아이시스는 재크 곁으로 다가갔다.

"왜 울어?"

"엄마가 내 타이어는 가져가면 안 된대."

재크가 두고 가기 싫어하는 것은 고작 쓰레기장에서 주워 온 폐타이어였다. 재크는 굴렁쇠를 굴리듯이 막대기로 그 타이어를 굴리며 놀곤 했다. 모르긴 몰라도 그동안 저지대를 200바퀴쯤 돌았을 것이다. 아이시스는 처음에 더러운 폐타이어 하나에 질질 짜는 동생이 우스웠지만, 입장을 바꿔서 찬찬히 생각해 보았다. 뭘 가질 수도 없고, 학교도 갈 수 없는 아이는 하루를 어떻게 보낼까?

재크에게는 이 쓰레기가 가장 소중한 장난감이었다. 아이시스가 친구들과의 이별을 섭섭해하듯이, 자기가 좋아하던 놀이를 할 수 없게 된 동생이 섭섭해하는 건 당연했다. 아이시스는 재크를 꼭 껴안고 머리를 쓰다듬었다. 폐타이어 굴리기를 제일 좋아하고, 누나 골탕 먹이기를 두 번째로 좋아하는 천방지축 말썽꾸러기 녀석…….

아이시스가 엄마가 부르곤 했던 자장가를 불러 주자 재크의 울음소리도 차츰 잦아들었다.

"누나, 거기에 가면 행복해질까?"

아이시스는 재크의 눈을 바라보며 억지로 미소를 지었다.

"그럼! 릴리 이모가 보낸 동영상 봤잖아. 우리는 세상에서 제일 멋진 우주선을 타고 아주 먼 길을 떠날 거야. 거기 가면 농장도 생기고, 먹을 것도 많고, 장난감도 잔뜩 가질 수 있어."

"거기 가면 뭐 하고 놀아?"

"숲에서 달리기도 하고, 나무도 타고, 강에서 헤엄도 치고……."

"강은 더러워서 들어가면 안 된댔어."

"재크, 뉴 어스의 강은 더럽지 않아. 그곳은 자연이 파괴되지 않았거든."

"나무도 엄청나게 커?"

재크가 허공을 바라보면서 중얼거렸다. 앞으로 살게 될 곳을 상상하는 눈치였다.

"당연하지. 나무들 키가 너무 커서 꼭대기는 보이지도 않을걸?"

"우아, 굉장해!"

그때 열린 문 사이로 웃고 있는 엄마의 얼굴이 보였다. 아이시스에게 고마워하는 마음이 그대로 전해졌다. 하지만 아이시스는 뉴 어스로 가는 길이 반쯤 죽으러 가는 길처럼 느껴졌다. 지난 15년 동안 열심히 꾸려 온 삶은 완벽하게 좋지는 않아도 그럭저럭 견딜 만했다. 그런데 이제 전부 다시 시작해야만 했다. 원점에서 출발하는 것이다. 아무리 생각해도 뉴 어스까지 가서 새 출발을 하는 것보다 불공평한 일은 세상에 달리 없는 것 같았다.

눈물 한 방울이 뺨을 타고 흘렀다. 아이시스는 재크가 눈치채지 못하도록 얼른 눈물을 닦고는 짐짓 아무렇지 않은 척했다.

독약 같은 진실

오라이언은 숨을 크게 들이마신 뒤 선술집 문턱을 넘었다. 이런 곳에 한 번도 와 보지 않았기 때문에 별의별 경우를 다 상상하면서 마음을 졸였다. 영화에서 본 것처럼 술집 안으로 들어가는 순간, 갑자기 정적이 흐르면서 손님들이 험상궂은 얼굴로 일제히 자기를 쏘아볼 것만 같았다. 문을 밀고 안으로 들어가는데 심장이 터질 듯이 두근거렸다.

맨 먼저 귀청이 찢어질 듯한 소음이 그를 맞이했다. 정적이 흐른다는 것은 불가능해 보였다. 오라이언은 조심스럽게 걸음을 옮겼다. 어색해 죽을 지경이었지만, 아무도 자신에게 신경 쓰지 않는다는 것을 깨달았다. 오스카의 바지가 어찌나 큰지 벨트 고리에 운동화 끈을 넣어 졸라매야만 했는데, 술 마시고 놀기 바쁜 사람들이 그런 걸 눈여겨볼 리 없었다.

다들 여기저기 자리를 잡고 앉아서, 때로는 탁자 위에서 춤을 추며 감자술을 퍼마셨다. 오라이언의 아버지가 즐겨 마시는 40년산 코냑 같은 고급술은 찾아볼 수 없었다. 땀 냄새에 뭔지 모를 냄새가 한데 뒤섞인 술집 안의 공기는 숨을 턱 막히게 했다.

오라이언은 술집의 화끈한 분위기에 취한 척하며 튀어 보이지 않기 위해 춤을 추었다. 그러면서 머릿속으로는 밴 두이크 선생님의 말을 다시 한 번 되뇌었다. 닐 해리스, 마지막 기회, 그리고 아인슈타인.

오른편 테이블에 앉은 남자들은 플라스틱 병에 코를 박고 초록색 액체 냄새를 맡고 있었다. 녹조 마약만큼 사람의 뇌세포를 확실하게 망가뜨리는 것은 없었다. 그들이 대놓고 콧구멍을 벌름거리는데도 불편해하는 사람은 없는 듯했다.

바 근처에는 술을 먹는 것인지, 아니면 술에 먹히는 것인지 모를 단골 술꾼들이 잔뜩 몰려 있었다. 오라이언은 술맛을 볼 생각이 없었기에 그 구역을 서둘러 지나갔다. 바의 가장 구석진 곳에 비교적 점잖은 차림새의 사람들이 모여 있었다. 그러니까 자신과 같은 부류의 냄새가 나는 손님들인 셈이었다. 돔 거주자들인 게 분명했다. 어느새 예쁘장한 여자들이 자석에 이끌리듯이 오라이언에게 달라붙어 추파를 보내기 시작했다.

"혹시 길을 잃었어?"

오라이언은 깜짝 놀라서 뒤를 홱 돌아보았다. 누군가 다가오고 있다는 걸 조금도 눈치채지 못했다. 아버지가 비싼 과외를 붙여 가며 조심시킨 것이 하마터면 허사가 될 뻔했다.

'일을 성사시키려면 감정을 숨겨야 해. 세상에는 상어들이 우글거리지. 아무도 믿지 마라. 공격은 상대를 완전히 쓰러뜨릴 수 있다는 확신이 설 때, 바로 그때 하는 거야.'

아버지가 입이 닳도록 하는 말이었다. 오라이언은 아버지가 낯빛 하나 바꾸지 않고 이런 말을 할 때마다 소름이 쭉 끼쳤다. 감정을 다스려 아무 내색 하지 않기, 아무렇지도 않게 거짓말하기, 상대가 힘을 쓸 수 없는 곳으로 유인하기……. 그런 걸 가르치는 과외 수업이 있다는 것 자체가 서글펐다. 오라이언은 시도 때도 없이 그런 수업을 받을 때면 마치 벌을 받는 듯한 기분이었다. 그런데 정작 감정을 숨겨야 하는 상황이 되자, 그동안 배운 것이 아무 쓸모가 없었다. 다시는 이렇게 방심하지 말아야겠다는 생각이 들었다.

"여기 처음 왔어?"

낯선 남자가 음악에 맞춰 몸을 흔들면서 물었다. 오라이언은 고개를 끄덕였다. 이미 어색해하는 걸 들켰는데 단골인 척 거짓말할 필요는 없을 것 같았다.

"돔에서 왔어?"

오라이언은 조금 망설이다가 이번에도 순순히 고개를 끄덕였다.

"그럼, 돈 좀 있니?"

"응."

"뭘 원해? 여자? 아니면 녹조 마약?"

"그런 건 필요 없어."

음악 소리가 커서 오라이언은 고함을 지르다시피 했다.

"사람을 찾고 있어."

"내가 도와줄 수 있는데……."

"닐 해리스를 만나게 해 줘."

순간 남자의 눈빛이 차가워졌다. 아주 잠깐이었지만 눈에서 빛을 쏘는 것 같았다. 놀란 건지, 겁을 내는 건지 알 수가 없었다. 남자는 아무 말 없이 계속 춤을 추었다.

잠시 후, 오라이언이 눈치를 채고는 남자의 손에 50달러 지폐를 슬쩍 쥐여 주었다.

"따라와."

오라이언은 남자를 따라서 화장실로 들어갔다. 술집 안에서 익숙해진 땀 냄새와 술 냄새 말고도 불쾌한 다른 냄새들이 콧구멍으로 밀려들었다. 술집 화장실은 구멍 하나만 달랑 뚫어 놓고 오물을 그대로 흘려보내는 중세의 화장실 수준에 머물러 있었다.

오라이언이 상황을 미처 파악하기도 전에 화장실 문이 굳게 닫히면서 검정색 가죽점퍼를 입은 덩치 좋은 사내 둘이 나타났다. 바람잡이가 그들에게 말했다.

"오늘은 운이 좋아. 이 애송이가 닐을 만나게 해 주는 조건으로 50달러를 주지 뭐야? 게다가 주머니에 아직 지폐 스무 장은 더 있는 것 같은데."

'보기 좋게 당했군.'

오라이언은 생각에 잠겼다. 너무 큰돈을 덥석 내놓은 데다 수중에 여윳돈이 있다는 것까지 들켜 버렸다. 온실 속의 화초처럼 살아온 도련님에게 돔 바깥의 세상은 놀이공원보다는 정글에 훨씬 더 가까웠다.

"다 내놓고 갈래, 아니면 좀 맞을래?"

"닐스, 잠깐만! 근데 너, 닐을 왜 찾아?"

바람잡이가 묻자 가죽점퍼 중 한 명이 끼어들었다. 오라이언이 아무 대꾸도 하지 않으니 가죽점퍼가 다시 물었다.

"닐을 왜 만나려고 하는지 묻잖아. 안 들려?"

"얘기를 좀 하고 싶어서. 그게 다야. 아인슈타인이 보내서 왔어."

"아인슈타인? 미친 쓰나미 같은! 왜 빨리 얘기 안 했어? 너, 지금 죽을 뻔했던 거 알아? 아, 진짜……."

가죽점퍼가 황당해하자 오라이언이 어깨를 으쓱해 보였다.

"닐스, 이 친구 돈 돌려줘. 당장!"

바람잡이가 욕설을 뱉으면서 돈을 돌려주었다.

"따라와. 이제 믿어도 돼. 봉변당할 일은 없을 거야."

가죽점퍼가 앞장서며 말했다.

"그러니까, 나하고 할 얘기가 있어서 왔다고?"

오라이언은 서두르지 않고 눈앞의 사내를 찬찬히 관찰했다. 나이는 사십대 정도로 키가 크고 몸가짐이 세련되었다. 유행에 맞는 디자인의 재킷, 세심하게 모양을 낸 머리, 목에 두른 스카프까지……. 닐 해리스는 외모에 상당히 신경을 쓰는 사람으로 보였다.

"안녕하세요? 아인슈타인이 보내서 왔어요."

"나도 들었어. 그 친구 소식을 못 들은 지 꽤 되었는데 말이야. 아인슈타인이 널 여기로 보낸 이유가 뭐지?"

"선생님께 제가 원하는 정보가 있다고 하더군요."

"무슨 정보?"

"NEP에 대한 정보 말입니다."

"그렇군. 근데 내가 누구인지는 알아?"

오라이언은 닐 해리스의 정체를 전혀 알지 못했다.

"아뇨, 모릅니다."

"그렇다면 내 입장이 확실히 유리하겠군, 오라이언 파커."

오라이언은 깜짝 놀랐지만 그런 기색을 내비치지 않았다.

닐 해리스가 다시 입을 열었다.

"그래, 나는 네가 누군지 알아. 뭐, 당연하지. 3년 내내 NEP와 네 아버지 회사만 조사하고 살았는데 널 모를 리가 없잖아?"

"기자십니까?"

"시제가 틀렸어. 한때 기자였지만, 지금은 아니거든. 겸손을 집어치우자면 꽤 좋은 기자였어. 하지만 절대로 관심을 기울여서는 안 될 주제를 건드리는 바람에 기자로 살 수가 없게 됐지."

"그 주제가 NEP입니까?"

"2년 전이었나? NEP에 대해 장기간 조사한 결과를 발표하려고 했는데 여러 가지 문제가 생겼지."

"어떤 문제였죠?"

"나를 도와준 사람들이 끔찍한 일을 당했어. 책 출간을 위해 접촉했던 편집자와 그 후임 편집자가 차례로 사고를 당해 죽었지. 첫 번째 편집자는 음주 운전으로 혈중 알코올 농도가 4퍼센트가 나왔다는데, 평소에 술을 한 방울도 못 마시는 사람이었어. 두 번째 편집자는 욕실에서 쓰러지면서 욕조에 머리를 부딪혔다더군. 두 건의 사고 이후로는 어떤 편집자도 나와 일하려 하지 않았지."

"그래서 어떻게 하셨어요?"

"신문이나 방송을 뚫어 보려고 했지만 어림도 없었어. 그리고 결국 네 아버지가 보낸 초대장을 받았지. 지금도 그 문장이 통째로 기억나. '친애하는 닐 해리스 씨, 귀하가 NEP에 관심이 많으시다고 들었습니다. 제안을 하나 드리지요. 뉴 어스로 떠난 최초의 기자가 되어 주시겠습니까? 그동안 풀지 못했던 의문들을 모두 해소할 수 있는 좋은 기회가 될 겁니다. 마음을 담아, 아서 C. 파커 드림.'"

"그 제안을 왜 받아들이지 않으셨어요?"

"그걸 받고 10분 만에 짐을 싸서 도망쳤어. 편집자들은 내 신원을 철저히 비밀에 부치겠다고 약속했지만, 두 사람은 사고를 당하기 전에 이미 내가 누구인지 다 불었던 거야."

"대체 뭘 알아내셨기에 그토록 황급히 도망치셨어요? 집과 직장을 버리고 이런 곳에서 지내실 만큼 심각한 일인가요?"

오라이언은 닐 아저씨가 지내는 작고 낡은 방을 힐끔거리며 이렇게 물었다. 장님이 아닌 이상, 아저씨가 몹시 곤란한 처지에 있다는 것은 누구나 알 법했다.

"대답을 하기 전에 나도 확인이 필요해. 겉옷을 벗어 봐. 혹시 녹음기나 도청기 같은 걸 몰래 달고 왔는지 보려는 거야. 네 아버지 사주를 받고 이곳에 온 건 아닌지 확실히 해 둘 필요가 있으니까."

오라이언이 속옷 차림을 한 채 아무것도 없다는 것을 증명하자, 닐 아저씨는 그제야 고개를 끄덕였다. 오라이언은 다시 옷을 입었다.

"그래, 뭘 알고 싶어?"

"전부 다요."

"좋아, 내가 알아낸 걸 보여 주지. 하지만 그 전에, 네가 이 일에 매달리게 된 이유부터 말해 봐."

오라이언은 아이시스라는 친구가 뉴 어스로 떠나게 되었다고 대답했다. 아이시스 얘기를 입 밖으로 꺼내자 북받치는 감정을 다스리기가 힘들었다. 그리고 아버지와 함께 현장 견학을 갔을 때 VM-523호의 선체에서 보았던 문제의 O자 얼룩에 관해서도 솔직하게 털어놓았다.

닐 아저씨는 오라이언의 얘기를 귀 기울여 듣고는 소형 노트북을 꺼내 책상 위에 올렸다.

"마지막 기회를 줄게. 아무 말도 듣지 않고 지금 당장 돌아가도 좋아. 이제부터 하는 얘기를 들으면 결코 예전으로 돌아갈 수 없어."

오라이언은 침을 꿀꺽 삼켰다.

"각오는 돼 있어요."

닐 아저씨가 화면에 NEP 조사 자료를 띄우면서 입을 열었다.

"나도 제일 친한 친구가 뉴 어스행 티켓에 당첨된 일을 계기로 NEP에 관심을 갖기 시작했어. 나는 돔 출신이지만, 그 친구는 돔에서 살 만큼 가정 형편이 좋지 않았지. 너와 네 친구 아이시스의 관계와 비슷하구나. 어쨌든 여기에서 그리 멀지 않은 곳에도 출발 기지가 하나 있어. 그곳으로 우르르 몰려가는 사람들을 보니 기분이 참 이상했지. 매주 5만 명의 미국인들을 월드스페이스십에 태워서 보내는 게 무슨 의미인지 네가 알까 모르겠구나. 다른 나라에서 출발하는 사람들까지 합치면 그 수는 실로 어마어마해."

오라이언은 매주 뉴 어스로 그렇게 많은 사람들이 떠난다는 사실이 좀처럼 실감이 나지 않았다. 닐 아저씨가 동영상을 보여 주며 그 규모를 설명했다.

"뉴욕 기지에 모이는 사람은 미국인 당첨자의 4분의 1밖에 되지 않아. 미국 전체를 통틀어 매주 당첨자가 5만 명이 좀 넘거든. 하지만 뉴욕 기지에 모이는 사람만 해도 엄청 많잖아? 나는 월드스페이스십 내부를 한번 상상해 봤어. 한 대에 백만 명이 탑승할 수 있다지? 그들을 한꺼번에 수용하는 것도 대단한 일이지만 그들이 사용할 어마어마한 규모의 물자는 어떻게 보급할까?

너희 아버지 공장에서 만드는 로봇은 정밀하기 그지없어. 왕복선들도 메트로놈처럼 정확하게 오가지. 승객들은 로봇의 안내를 받아서 탑승 대기 구역으로 갔어. 마치 휴가철 여행지에 온 것처럼 잔뜩 들떠 있더구나. 하나같이 지구의 회색 하늘을 벗어나 약속의 땅으로 건너갈 꿈에 부푼 듯했지.

하지만 나는 그 광경이 조금 달리 보였어. 기자의 눈으로 보았기 때문일까? 갑자기 의문이 들었지. 백만 명이 6년 동안 우주여행을 하려면 식량이 얼마나 필요할까? 그 모든 것을 수용할 수 있는 규모의 우주선을 지으려면 자재 역시 상상을 초월할 만큼 있어야겠지? 태양계 외부까지 운항하는 데 연료는 또 얼마나 들까? 나는 떠오르는 의문점들을 일일이 적은 다음 직접 답을 찾아보리라 다짐했어.

그 후, 이 나라 저 나라의 전문가들과 조심스럽게 접촉했지. 결과는 충격적이었어. 일단, 식량은 하루에 1인당 에너지바 3개만 공급한다고 해도 우주선에 에너지바 33만 톤을 실어야 해. 그나마 에너지바가 가장 부피와 무게를 덜 차지하니까. 그런데 이런 우주선을 매주 뉴 어스로 보내려면? 33만 톤 곱하기 52주 해서, 매년 1,716만 톤의 에너지바가 필요하다는 결론이 나와."

"매년 그만큼이 필요하다고요? 장난이 아니네요."

"그러니까 말이야. 그런데 진짜 충격적인 게 뭔지 아니? NEP에 에너지바를 납품하는 주요 기업들의 생산량을 다 합쳐도 연간 400만 톤이 될까 말까 하다는 거야."

"400만 톤이 다라고요? 그럼 나머지는 어디에서 가져오는 거죠?"

"잠깐, 내 말 아직 안 끝났어. 금속 자재 쪽에도 문제가 있었지. 정확하게 말하긴 어렵지만, 전 세계 모든 전문가가 월드스페이스십 한 대를 만들려면 엄청난 양의 자재가 필요할 거라고 했어. 그런데 그런 우주선이 한 대도 아니고 1년에 52대가 필요하지. 게다가 이제 NEP가 시행된 지 10년이 됐어. 내가 접촉한 지질학자들은 지구에서 채굴이 가능한 광산을 전부 탈탈 털어도 파커 사가 필요로 하는 양의 5분의 1밖에 안 된다고 설명하더군."

"그게 무슨 말이죠? 이해가 잘 되지 않는데……."

"10년 내내 월드스페이스십이 매주 백만 명의 사람들을 태우고 뉴어스로 떠난다는 건 불가능하다는 얘기야. 수학적으로 불가능해. 연료면 연료, 식량이면 식량, 원자재면 원자재……, 그 어느 쪽으로 파고들어도 결론은 똑같아. 그 프로젝트는 실현 불가능한 거야."

오라이언은 말이 나오지 않았다. 이런 이야기는 상상도 해 본 적이 없었다.

"네가 믿지 못하는 것도 무리는 아니지. 데이터가 너무 크면 가늠하기가 어렵거든. 보통 사람이 이런 일을 상상이나 하겠어? NEP 납품업자조차 아무것도 몰라. 공장만 죽어라고 돌릴 뿐이지!"

"지금 뉴 어스 프로젝트가 다 사기라고 말씀하시는 거예요?"

오라이언은 눈물이 왈칵 솟구쳤다.

"나는 뉴 어스가 아예 존재하지도 않는다고 생각해."

"하지만 개척자들이 지구에 메시지를 보내고 있잖아요. 그들은 어떻게 된 거죠?"

"그게 아직도 풀지 못한 수수께끼야. 어쨌든 이것만은 확실해. 지금까지 무려 5억 2,200만 명의 지구인이 뉴 어스로 떠났다는데……. 그건 절대로 불가능해. 아까 네가 VM-523호에서 보았던 흔적이 10년 전 VM-001호의 테러 흔적과 일치하는 것 같다고 했지? 나는 네가 잘못 본 게 아니라고 생각해. 너는 똑같은 우주선을 본 거야. VM-523호는 갓 완성된 새 우주선이 아닌 거지. 번호만 바꿨을 뿐, 네가 10년 전에 본 1호기와 동일한 우주선일 거야. 오라이언, 월드스페이스십은 그 한 대뿐일 테고."

"증거가 있어요? 사진 같은 거라도 말이에요."

"NEP 수뇌부들이 머리를 잘 썼지. VM-001호 테러 이후로 모든 기지가 군사 구역으로 묶여서 출입이 통제되었거든. 어떻게든 내부 고발자를 찾아서 증거를 확보하려고 애를 썼지만 끝내 성공하지 못했어."

"어째서요?"

"NEP 물류 작업을 로봇이 하고 있잖아. 전 과정이 자동화되어 있어서 물류 작업에 깊숙이 개입한 사람 자체가 없는데 난들 어쩌겠니?"

오라이언은 충격받은 표정을 도저히 숨길 수가 없었다. 월드스페이스십이 단 한 대뿐이라니! 아버지를 따라 건조 현장을 둘러보았을 때부터 그럴지도 모른다는 생각은 어렴풋이 하고 있었다. 하지만 애써 그 생각을 외면해 왔는데…….

'말도 안 돼. 아버지가 그런 사기극을 벌였을 리 없어.'

하지만 지금, 이 남루한 방구석에서, 모든 정보를 취합해 보니 명백한 진실이 보였다. 말이 안 되는 일은 따로 있었던 것이다.

"그러면 에너지바 연간 생산량 400만 톤은 어디에 쓰이고 있는 거죠? 혹시 아저씨의 계산에 착오가 있는 건 아닐까요?"

오라이언은 지푸라기라도 잡는 심정으로 물었다.

"NEP가 매년 빈곤 지역에 배급하는 식량이 딱 그 정도야."

"믿을 수가 없어요. 그럼 월드스페이스십에 탄 사람들은 뭘 먹고 살아요?"

"아직 내 말을 제대로 못 알아들은 것 같구나. 뉴 어스행 티켓은 왕복권이 아니야. 진짜 행선지는 뉴 어스가 아니라…… 죽음이겠지."

지구인으로서의 마지막 순간

나는 뉴욕이 좋다. 늘 다른 곳을 꿈꾸느라 뒤늦게 깨달았지만. 막상 이 도시를 떠나려니 억장이 무너진다. 반쯤 물에 잠긴 고층 건물들, 걷잡을 수 없이 늘어나는 빈민가, 그리고 이 도시에 우뚝 솟은 저 돔에도 이제 익숙해졌는데…….

시간은 속절없이 흘러 마침내 운명의 순간이 다가왔다. NEP에서 파견한 사이보그 로봇이 아이시스의 집에 도착한 것이다.

아이시스네 가족은 로봇이 짐을 싣는 동안 밖으로 나와 이웃들에게 작별 인사를 했다. 무슨 구경거리라도 생긴 것처럼 사람들이 죄다 우르르 몰려와 있었다. 약간의 섭섭함, 그리고 그보다 더 진한 질투심이 느껴졌다. 그들의 감정이 너무나 노골적으로 와닿아서, 아이시스는 금방이라도 토할 것만 같았다.

고개를 돌우어 인파 속에서 플린을 찾아보았지만 그 어디에서도 보이지 않았다. 다행히 카리마 할머니가 형형하게 빛나는 눈빛으로 자신을 빤히 바라보고 있었다. 할머니가 움막에서 이렇게 멀리까지 나온 적은 한 번도 없었기에 마음속 깊이 감동이 차올랐다. 아이시스는 할머니에게 다가가 조심스럽게 껴안았다. 할머니의 작고 마른 몸이 부서질까 봐 겁이 나서 꽉 끌어안지도 못했다.

"잘 가."

할머니가 쪼글쪼글한 얼굴에 짓궂은 미소를 띠고서 말했다. 아이시스는 아쉬움을 애써 누르며 할머니의 품에서 벗어났다. 뼈와 가죽밖에 남지 않은 사람의 품이 어쩌면 이렇게 따뜻할 수 있을까? 그러고는 마지못한 얼굴로 엄마와 아빠 곁으로 돌아갔다.

"소식 꼭 전해!"

이웃집 아저씨도 한마디 했다.

아이시스는 친숙한 얼굴들에게 깍듯하게 인사를 한 뒤 버스에 올랐다. 버스에는 이미 '당첨자' 스무 명이 타고 있었는데, 앞으로 계속 다른 사람들이 합류할 예정이었다. NEP 우주 기지에 언제 도착하는지는 모르지만, 곰곰이 생각해 보니 인내심이 꽤 필요할 것 같았다. 손가락만 튕기면 짠, 하고 백만 명이 우주선에 탑승해 있는 건 아닐 테니까.

버스가 정류장에 멈춰 설 때마다 차창 너머로 보이는 뉴욕에서의 추억을 뇌리에 하나하나 새겼다. 이게 다 마지막으로 보는 풍경이라는 사실을 받아들이기가 힘들었다. 어떤 건물들은 새삼스럽게 달리 보이기도 했다. 저 오래된 교회와 아치형 석조 건물을 왜 진즉에 눈여겨보지 않았을까? 아이시스는 낯설어 보이는 건물들을 유심히 뜯어보다가 돔으로 시선을 옮겼다.

이 도시에 우뚝 솟은 거대한 반구. 그 주위를 둘러싼 수많은 공장에서 매연을 미친 듯이 뿜어냈다. 미관을 해치는 쓰레기 처리장, 상수도 여과 설비, 에너지 생산 설비 등은 돔의 완벽한 대칭과 대비되어 더욱 더 칙칙해 보였다.

플린은 돔 안이 100년 전의 지구와 비슷하다고 말했다. 인공 구름이 드문드문 떠 있는 인공 하늘에 인공 태양이 떠 있다면서. 인공이 아닌 게 있기는 할까? 사실 아이시스는 두 눈으로 직접 돔 안이 어떻게 생겼는지 보고 싶었다. 그러다 6년 후에는 태양을 질리도록 볼 수 있다는 생각으로 위안을 삼았다. 그 태양은 돔 내벽의 스크린에 띄운 이미지가 아니라 진짜일 터였다.

버스는 계속 사람들을 태웠다. 빈자리가 거의 없었다. 이제 저 돔도 다시는 볼 수 없겠지. 아이시스는 돔을 조금이라도 더 오래 눈에 담으려고 애썼다. 오라이언은 지금 뭘 하고 있을까? 미란다나 다른 언터처블과 좋은 시간을 보내고 있겠지. 체험 학습을 기회 삼아 그레이들을 실컷 놀려 먹었던 이야기나 하면서.

과거의 삶을 지우고 새로운 삶을 상상하려니 한숨이 새어 나왔다. 그때 아이시스 또래 남자아이 한 명이 버스에 올라탔다. 맙소사! 눈을 뜬 건지 감은 건지 모르게 재수 없는 얼굴, 저 구부정하고 쥐방울만 한 몸집! 며칠 전 저지대에 자기 패거리를 데려와 아이시스와 오라이언을 괴롭힌 녀석이었다. 그놈은 버스 안 통로를 지나가다가 아이시스와 눈이 마주치자 아무렇지도 않은 듯이 씩 웃었다. 아이시스를 알아본 눈치였다.

"안녕, 예쁜이. 또 만났네?"

녀석이 아이시스에게 인사를 건네고 옆을 지나치면서 슬쩍 덧붙였다.

"너랑 6년을 함께 지내게 된 게 얼마나 기쁜지 몰라."

순간 소름이 쭉 끼쳤다. 운이 좋으면 저 자식을 볼 일이 거의 없을지도 모른다. 한 우주선을 탄다고는 하지만 탑승자가 백만 명이나 된다는데 설마……. 하지만 기분 나쁜 예감은 어쩔 수가 없었다. 아무래도 저 자식 때문에 또 골치 아픈 일이 생길 것만 같았다.

버스는 좌석이 다 차자 대로로 빠져나가 속도를 내기 시작했다. 30분쯤 달리자 저 멀리 우주 기지가 보였다. 수백 대의 왕복선이 이륙 준비를 마치고 줄지어 대기 중이었다. 기지 앞에서 도로가 두 갈래로 갈라졌는데 뉴 어스 개척자들은 오른쪽 도로로, 그들을 배웅하러 온 일반인 차량은 왼쪽 도로로 진입하는 모양이었다. 아이시스네가 탄 버스는 오른쪽으로 빠졌다. 아이시스는 지구인으로서의 마지막 순간을 최대한 음미했다.

오라이언은 닐 아저씨의 방에서 나올 때부터 이미 제정신이 아니었다. 머릿속에서 '아버지는 살인자야!'라는 말만 연거푸 메아리쳤다. 그 무엇도 반박할 수가 없었다. 닐 아저씨의 설명은 충분히 납득할 만했다. 아버지가 결백하다는 증거를 찾고 싶어 미칠 것 같은데도, 이미 먹먹한 분노가 독약처럼 온몸으로 퍼지고 있었다. 대체 왜 그렇게 끔찍한 짓을 하는 걸까? 오라이언은 괴로움에 몸부림치다가 문득 또 하나의 진실을 깨닫고 정신이 번뜩 들었다.

'아이시스는 지금 죽으러 가는 거잖아!'

오라이언은 미친 듯이 달리기 시작했다. 폐가 다 버리는 것 같은 데다 다리도 몹시 아팠지만 쉬지 않고 달리고 또 달렸다. 마침내 저지대 주택 지구에 도착했다. 아이시스가 다른 행성으로 떠난다는 소식을 들었을 때는 그저 가슴이 아팠을 뿐이었다. 그러나 아버지가 그 애를 죽음의 길로 내몰았다고 생각하자 도저히 참을 수가 없었다. 아이시스에게 당장 이 사실을 알려야 했다.

오라이언은 맨 먼저 마주친 주민에게로 다짜고짜 달려갔다. 지팡이에 의지해 간신히 걸어 다니는 노인이었다.

"어르신, 실례합니다. 혹시 아이시스의 집을 아세요?"

"한발 늦었어. 그 집 식구들이 뉴 어스 개척자로 뽑혔거든. 두 시간 전에 NEP 우주 기지로 떠났는걸."

오라이언은 심장이 터질 듯이 뛰기 시작했다. 운명의 장난에 놀아날 순 없었다.

오라이언은 노인에게 깍듯이 인사를 한 뒤 돔을 향해서 냅다 뛰었다. 돔에 가까워지자 자동차들이 보이기 시작했다. 저 멀리 택시 정류장이 보였다. 그는 마지막 힘까지 다 쥐어짜, 가장 가까이 있는 택시로 달려간 뒤 문을 벌컥 열었다.

"아이고, 학생 살살 좀 타! 그래, 어디로 갈 거야?"

택시 기사가 퉁명스럽게 말했다.

오라이언은 룸 미러에 비친 자기 모습을 보았다. 땀을 비 오듯이 흘리면서 금방이라도 숨이 넘어갈 것처럼 헉헉대고 있었다. 게다가 너무 큰 옷을 걸친 탓에 부랑아처럼 보이기도 했다. 택시 기사는 오라이언이 지폐를 건네자마자 태도가 순식간에 돌변했다.

"어디로 모실까요?"

"우주 기지요. 제한 속도 무시하고 최대한 빨리 달려 주시면 요금의 두 배를 드릴게요."

택시는 귀가 찢어질 듯한 타이어 마찰음을 내면서 곧바로 출발했다. 속도를 어찌나 높이던지 엔진이 터지지 않을까 겁이 날 정도였다. 20분 후, 마침내 우주 기지 근처에 도착했다. 오라이언은 제발 아이시스가 아직 이곳에 있기를 간절하게 바랐다.

오라이언은 갈림길이 보이자 오른쪽 도로로 가 달라고 부탁했다. 하지만 택시 기사가 강경하게 거부했다. 이번에는 아예 돈다발을 내밀었다.

"아니, 돈이 문제가 아닙니다. 이 갈림길을 지키는 로봇들이 그렇게 만만하지 않다고요. NEP 버스를 제외한 차량은 비행갑판에 접근할 수가 없어요. 출발 구역에서 가장 가까운 주차장에 내려 드릴게요. 그 이상은 저도 어쩔 수 없습니다."

"알겠어요."

아무래도 일단 내리고 나서 다른 방법을 찾아봐야 할 듯했다.

택시가 도로 위에 바퀴 자국을 남기며 급정차하자, 오라이언은 지폐 몇 장을 건네고 서둘러 차에서 내렸다. 인파가 어찌나 많은지, 그들을 헤치고 앞으로 나아가기가 쉽지 않았다. 그는 욕을 먹든 말든 아랑곳없이 사람들을 마구 밀치고 나아가 비행갑판이 바로 보이는 창살문에 이르렀다.

일단 시야에 들어오는 모든 구역을 꼼꼼히 뜯어보았다. 아이시스와 그 가족들을 찾아야만 했다. 은하에서 별 하나를 찾는 것보다 더 어려운 일이었지만 절대로 포기하고 싶지 않았다. 아이시스의 목숨이 달린 문제였으니까. 그러나 시간은 속절없이 흘렀고, 왕복선들은 순서대로 착착 기지를 떠났다.

"아이시스를 찾는 거야?"

오라이언이 깜짝 놀라 고개를 돌리자 플린이 서 있었다. 두 소년의 눈에서 불꽃이 튀었지만, 둘 다 싸울 마음은 없었다. 플린은 잠을 설쳤는지 눈이 시뻘겠다.

"아이시스를 꼭 찾아야 해."

"이미 늦은 것 같은데……?"

"아이시스가 위험해. 플린, 걔는 절대로 왕복선에 타면 안 돼!"

오라이언이 목소리를 낮추어 다급하게 말했다.

"12열 7번."

"그게 뭔데?"

"아이시스는 이미 타고 있어. 걔가 탄 왕복선은 이륙 준비 중이라고."

"안 돼! 막아야 해!"

오라이언이 고함을 지르는 순간, 어떤 남자가 창살문을 잽싸게 타고 넘어가더니 탑승객 쪽으로 미친 듯이 달려갔다. 하지만 그는 10미터도 채 못 가서 온몸을 뒤틀며 바닥에 쓰러졌다.

"무력화 지뢰를 밟았군. 글을 읽을 줄 모르는 사람이었나 봐."

플린이 어깨를 으쓱하면서 창살문에 일정한 간격으로 붙어 있는 경고판을 가리켰다. 오라이언은 이를 악물었다. 그가 무력감에 치를 떠는 동안에도 왕복선들은 이륙 구역으로 차례차례 이동했다. 이제 곧 아이시스가 탄 왕복선도 이동할 터였다.

"월드스페이스십이 정확히 몇 시 몇 분에 출발하는지 알아?"

오라이언이 묻자 플린이 어처구니없다는 표정을 지었다.

"내가 파커 그룹 후계자도 아닌데 그걸 무슨 수로 알아? 너는 그게 왜 궁금한데?"

오라이언은 대꾸 없이 몸을 돌려 인파를 헤치며 그곳을 벗어나기 시작했다. 플린은 기가 막히다는 눈빛으로 그 모습을 멀거니 바라보았다.

"출발하는 것도 안 보고 그냥 갈 거야?"

플린이 뒤에서 외쳤지만 오라이언은 아무 대답도 하지 않았다.

플린은 왕복선들을 한 번 더 바라보고는 뭔가 결심한 듯한 표정으로 오라이언을 뒤쫓기 시작했다.

'뭔가 잘못된 게 틀림없어.'

우주 기지에서 조금 벗어나자 사람이 거의 없어서 오라이언을 금세 따라잡았다.

"야, 기다려!"

플린이 오라이언의 팔을 붙잡았다. 오라이언은 그제야 뒤돌아서더니 플린의 손을 빤히 바라보았다. 플린은 손을 놓지 않았다.

"여긴 학교가 아니거든? 그리고 난 그 바보 같은 규칙이 이제 지겨워서 말이야. 대체 왜 널 건드리지도 못하게 하는데?"

오라이언이 인상을 쓰면서 플린의 손을 홱 뿌리쳤다.

"아이시스에 관해 알려 줄 게 있다면 지금 바로 말하는 게 좋을 거야."

"뭐? 지금 날 한 대 치겠다고 협박하는 거야? 감옥에 가고 싶어?"

"상관없어. 아이시스를 위해서라면 뭐든지 할 수 있으니까."

오라이언은 한숨을 푹 내쉬었다. 어쨌든 플린이 자신보다 빈민가를 잘 알았다. 혼자 움직이는 것보다는 둘이 더 승산이 있을 성싶었다. 뒤엉킨 실타래 같던 머릿속에서 한 가지 계획이 떠올랐다. 그는 플린과 일정 거리를 유지하고 서서 자신이 아는 모든 것을 털어놓았다.

뉴 어스로 가는 길

로봇은 진보의 어두운 면을 상징한다. 이전에 존재했던 것을 다 나쁘게 보기라도 하듯이 과거를 돌아보지 않는 분별없는 발전 그 자체이므로. 로봇은 모든 곳에 있다. 그것은 우리를 통제하고 감시하며 일자리를 빼앗는다. 그러니 내가 로봇에게 일말의 연민이라도 품을 일은 영영 없을 것이다.

"승객 여러분, 저는 여러분과 비행을 함께할 사이보그 스튜어디스입니다. 왕복선에 탑승하신 여러분을 진심으로 환영합니다. 지금부터 멕시코 우주 엘리베이터까지의 비행은 2시간이 소요될 예정이며, 그 후에 월드스페이스십으로 다시 이동하게 됩니다."

스튜어디스가 안내를 마치자 선내에서 박수와 환호가 일었다. 스튜어디스 로봇은 인간과 거의 구분이 되지 않을 정도로 똑같이 생겼다.

아이시스가 부모님을 흘끗 보니, 두 분 다 입이 귀에 걸려 있었다. 재크는 불안한지 엄마 손을 꼭 잡고 사방을 두리번댔다.

아이시스는 이 분위기에 장단을 맞출 생각이 조금도 없었다. 자리를 잡고 선창 밖을 바라보는 사이에 왕복선이 서서히 출발했다. 세상이 점점 더 빨리 눈앞에서 사라져 갔다. 기분이 이상했다. 하늘을 나는 탈것을 처음 타 보았기 때문일까? 앞으로 6년 동안 이 우주선 안에서 지내게 될 테니까 차츰 익숙해져야 하겠지.

"실례하겠습니다. 간식 드시겠습니까?"

고개를 돌리는 순간, 사이보그 스튜어디스와 눈이 딱 마주쳤다. 스튜어디스가 웃음을 띤 채 아이시스의 대답을 기다렸다.

"깡통하고는 말 안 해요."

"손님의 뜻은 알겠습니다만, 저는 깡통이 아니라 모든 옵션을 갖춘 최신형 안드로이드입니다. 손님을 돕는 일을 최우선으로 하며, 즐거운 여행을 하시기만을 바랍니다. 나중에라도 생각이 바뀌면 편하게 지시해 주십시오."

로봇 주제에 섬세하기까지 하다니! 아이시스는 가난뱅이들을 월드 스페이스십까지 안내하는 로봇은 차라리 편하게 막말을 하는 타입이 나았을 것 같다고 생각했다. 아이시스의 엄마와 아빠, 남동생은 간식을 양손에 움켜쥐고 먹기 바빴다.

엄마가 아이시스 곁으로 다가와 음료수 컵을 내밀었다.

"아이시스, 왜 안 먹니? 이거 진짜 오렌지주스야. 한번 먹어 봐."

"괜찮아요, 배가 안 고파요."

엄마도 더 이상 권하지 않았다. 딸이 이렇게 나올 때는 무슨 말을 해도 소용없다는 것을 잘 알기 때문이었다. 아이시스가 다시 선창 밖을 바라보는데, 1분도 채 지나지 않아 누군가가 옆자리에 털썩 앉았다. 재수 없는 불량배 녀석이었다.

"배가 안 고파?"

"너하고 말하기 싫어. 꼴도 보기 싫고."

"저기, 꼬맹이하고 있는 사람이 너희 부모님이야?"

불량배가 아이시스의 말에 불쾌해하는 기색도 없이 대뜸 물었다.

"그게 너랑 무슨 상관인데?"

"아무 상관 없어. 그냥 대화 좀 해 보려고 꺼낸 얘기지."

"날 해치려고 했던 사람하고 대화하는 취미는 없어."

"그때는 미안했어. 진심으로 사과할게."

아이시스는 녀석이 이렇게 나올 줄은 꿈에도 몰랐다. 그래서 녀석의 눈을 뚫어지게 보았는데 아무래도 진심인 것 같았다.

"저기서 뭘 먹느라 정신없는 두 분이 우리 부모님이야. 딱 보기에도 뼈와 가죽밖에 안 남았지? 워낙 굶을 때가 많아서 그래. 그래서 그때 네 친구……, 금발 남자애의 구두를 보는 순간 홱 돌아 버렸던 거야. 그 구두만 팔아도 우리 식구가 일주일은 거뜬히 먹고살 수 있을 것 같더라고."

"그때 독가스 맞고서 가렵지는 않았니?"

아이시스가 슬쩍 비꼬는 말투로 물었다.

"말도 마. 호되게 당했지. 그 후로 이틀 동안 눈도 제대로 못 뜨고 기침만 연거푸 해 댔으니까. 아직도 눈이 충혈되어 있지 않아? 뭐, 그래도 할 수 없지. 길에서 모르는 사람을 공격할 때는 무슨 일을 당할지 모른다고 생각하고 있어야 하거든."

아이시스는 아무 대꾸도 하지 않았다. 그냥 이 녀석을 계속 미워하고 싶었다. 하지만 녀석의 사연 역시 자신의 친구인 해저드나 다른 아이들, 또 오갈 데 없이 버림받은 아이들과 별반 다르지 않았다. 그런 형편에서 자라는 아이들이 다 괴물 같지는 않다는 것을 아이시스는 누구보다 잘 알고 있었다.

녀석이 손을 내밀며 말했다.

"내 이름은 지크야."

"난 아이시스, 악수는 넣어 둬. 이렇게 상대해 주는 것만 해도 복인 줄 알아."

지크가 쿡 하고 웃었다.

"너, 진짜 만만치 않다. 그래서 재밌어. 우린 분명히 사이좋게 지낼 수 있을 거야. 너에게 빚이 있으니까 내가 그걸 갚을 기회가 생기면 꼭 알려 줘."

그때 누군가 아이시스의 이름을 불렀다.

"이마퀼레 시시 무케바?"

그 밥맛없는 사이보그 스튜어디스였다. 아이시스는 아무 말도 하지 말라는 뜻으로 지크를 한 번 쏘아보았다. 그러자 녀석이 걱정 말라는 듯이 두 손을 들었다. 이미 무지 재미있어 하는 눈치였지만…….

아이시스가 인상을 구기며 스튜어디스에게 차갑게 대답했다.

"왜 불러요?"

"잠시 실례하겠습니다."

"먹을 거나 음료 같은 건 필요 없어요. 방해하지 말아 주세요."

"다른 용건입니다. 월드스페이스십은 안면 및 음성 인식 보안 시스템을 채택하고 있습니다. 우주선 안의 시설을 자유롭게 이용하실 수 있도록 모든 승객의 지문을 수집하는 중입니다. 몇 분 안 걸리는 일이니 협조 부탁드립니다."

아이시스는 자리에서 일어나 왕복선 맨 뒤의 스태프실까지 스튜어디스를 따라갔다.

"모든 승객은 다음 안내에 따라 협조해 주셔야 합니다. 불편을 느끼실 일은 없을 테니 걱정하지 마세요."

선실로 들어가자마자 문이 소리 없이 닫혔다. 이윽고 천장에서 푸르스름한 빛이 내려와 아이시스의 몸을 감싸며 윤곽선을 그렸다. 일종의 스캐너인 듯했다. 그런 다음에 기계에서 사람 목소리가 흘러나와서 아이시스는 소스라치게 놀랐다. 정말이지 파커 사 로봇들은 말이 너무 많았다. 아이시스는 30행쯤 되는 짧은 글을 소리 내어 읽으라는 지시를 받고는 시키는 대로 했다. 잠시 후 선실 문이 다시 열렸다. 밖으로 나가자 대기 중이던 다른 승객이 안으로 들어갔다.

아이시스는 카트에서 간식을 챙겨 자리로 돌아왔다. 진짜 오렌지주스라면 어릴 때 딱 한 번 먹어 본 적이 있었다. 다섯 살인가 여섯 살 생일 때였다. 오렌지주스를 한 모금 마시자 신선하고 달콤한 맛이 입 안 가득 퍼졌다. 아이시스는 처음으로 이 여행이 싫지만은 않을 것 같다는 생각이 들었다.

한편, 닐 아저씨는 침울한 눈으로 두 소년을 바라보고 있었다.

"그러니까 내가 지금 골칫덩이를 하나도 아니고 둘이나 떠안은 거 맞니?"

소년들은 비장한 표정으로 대답을 대신했다.

"네 친구가 왕복선에 탑승한 이상 살아서 다시 볼 확률은…… 지구에서 진짜 태양을 볼 확률과 비슷하다는 건 알지?"

"아저씨가 취재한 정보를 널리 알렸어야죠. 대체 왜 그러지 않으셨어요?"

오라이언이 비난하는 투로 말했다.

"내가 말했잖니? 책까지 내려고 준비하고 있었는데 편집자들이 다 죽었다고. NEP를 적으로 돌리려는 사람은 아무도 없어."

"다른 방법도 있잖아요. 인터넷이라든가……."

플린의 말에 닐 아저씨가 코웃음을 쳤다.

"애들은 뭐든지 단순하게 생각해서 귀여운 법이지. 이상주의는 너희의 힘이야. 그렇지만 우리가 사는 세상이 너희 생각처럼 만만하지가 않아. 그래, 내가 웹에다가 NEP 조사 결과를 뿌릴 수도 있었겠지. 하지만 너희가 모르는 게 하나 있어. NEP는 정보 감시반을 따로 운영하고 있다는 거."

"그게 뭔데요?"

"NEP에는 정보 처리 기사들로 구성된 부대가 하나 있어. 인터넷을 감시하면서 NEP에 대한 부정적인 정보를 발견하는 족족 썰어 버리는 거지. 글을 올리면 5초 동안은 접근이 차단돼. 그다음에 정보 처리 기사가 검토한 뒤 민감한 정보라고 판단되면 바로 삭제한 뒤에 전략부에 보고서를 올리지. 그러면 윗선에서 그 글을 올린 사람을 추적하는 거야. 이제 정보 감시반이 뭔지 알겠지? 분명히 말하는데, 그쪽으로는 아예 비빌 생각도 하지 마."

오라이언은 한숨이 비어져 나왔다. 직접 인터넷 검색을 했던 날, 그런 조직이 있지 않을까 하고 짐작을 해 보긴 했다. 퍼즐 조각이 하나씩 맞춰지면서 희망은 점점 더 희미해졌다. 아버지가 이 진실을 모른 채 놀아났을 뿐이라고 믿고 싶은 희망이랄까.

"잠시라도 정보 감시반이 힘을 못 쓰게 할 방법은 없나요?"

"오라이언, 지금 농담하는 거야?"

"친구가 죽게 생겼는데 제가 어떻게 농담을 하겠어요?"

닐 아저씨는 맹랑한 소년 앞에서 문득 자기가 작아진 것 같은 느낌을 받았다. 오라이언에게는 그의 아버지를 떠올리게 하는 카리스마가 있었다.

"정보 감시반을 공격할 생각이라면…… 그건 미친 짓이야."

"왜요?"

"일단 정보 감시반이 NEP 타워 최상층에 있고……."

"뉴욕 NEP 타워 말씀이시죠?"

"그래."

"좋아요, 그들을 무력화시킬 수 있는 방법이 뭐가 있을까요?"

"음, 난 정보 공학 쪽으로는 문외한이긴 하지만 일단 전원을 끊는 게 유일한 방법 아닐까? 전원이 공급되지 않는 동안은 그들도 손을 쓸 수 없을 테니까. 하지만 그런 곳은 정전이 일어나도 비상 전력을 공급할 수단을 확보해 놓지. 그러니까 비상 전력도 가동을 못 하게 해야 하는데, 그러자면 최소한 1개 소대는 타워에 잠입해야 할걸. 그런데 우리가 이떻게……."

"그러니까 불가능한 일은 아니라는 거네요?"

"아니……."

닐 아저씨는 오라이언의 확신에 찬 대답에 말문이 턱 막혔다.

"아저씨가 수집한 증거를 모두 저에게 넘겨주실 수 있나요?"

"기꺼이 주고말고. 하지만 전원만 끊으면 된다고 착각하지는 마."

"왜요?"

"NEP는 최고의 변호사를 얼마든지 쓸 수 있어. 설령 정보가 인터넷에 퍼지더라도 내가 수집한 증거가 다 거짓말이라고 바득바득 우기겠지. 무슨 꼬투리를 잡아서라도 진실을 묻어 버릴 거야."

"사람들이 들고일어나게 하려면 어떻게 해야 하죠?"

"자백, NEP 수뇌부의 자백이 필요해. 그 말은 곧 이 진실을 터뜨리는 게 거의 불가능하다는 뜻이지. 내가 할 수 있는 일이었으면 지금껏 왜 이러고 있겠니?"

"전 그렇게 생각하지 않아요. 아저씨는 끝까지 갈 용기가 없으셨던 거예요. 어쩌면 수많은 사람들의 목숨을 구할 수도 있었는데 말이죠."

닐 아저씨는 오라이언의 말에 아무 대꾸도 할 수가 없었다. 꿈에서

깬 것처럼 정신이 번쩍 들었다. 여태까지 그에게 이런 말을 한 사람은 아무도 없었다. 갑자기 명품 양복과 스카프 차림으로 지저분한 호텔 방에 숨어 지내는 자신이 한심하게 느껴졌다. 오라이언이 정곡을 찌른 셈이었다. 그는 진실을 알아내긴 했지만 목숨을 걸고 끝까지 가기는 두려웠던 것이다.

널 아저씨가 오라이언에게 노트북을 건넸다. 자신이 해내지 못한 일을 이 젊은 언터처블이 해 주기를 바랐다. 그리고 지구상에서 가장 힘세고 무서운 조직을 쓰러뜨리러 가는 두 소년을 바라보면서 중얼거렸다.

"행운을 빈다."

기분 나쁜 예감

마침내 왕복선이 월드스페이스십에 도착했다. 아이시스는 선체를 쭉 따라가면서 그 우주선이 얼마나 거대한지를 실감했다. 옆쪽에서는 먼저 도착한 왕복선들이 웬만한 빌딩보다 더 큰 입구로 진입하고 있었다. 아이시스가 탄 왕복선도 곧 그 진입로로 들어갔다. 이윽고 안전문이 닫히고 왕복선이 선내에 부드럽게 착륙하자 환영 인사가 흘러나왔다.

"우리 왕복선은 월드스페이스십 계류장에 무사히 도착했습니다. 여러분이 묵을 선실은 이미 지정되어 있습니다. 이제 곧 소그룹으로 나뉘어 선실로 이동할 예정입니다. 다른 개척자분들을 따라서 바닥에 그어진 두 줄의 노란 선 사이에 서 주십시오. 승객 여러분의 협조를 부탁드리며, 뉴 어스까지 즐거운 여행이 되시기를 바랍니다."

아이시스는 자신이 지구 주위를 궤도 비행하고 있다는 사실이 믿기지 않았다. 선내 계류장에는 이미 수백 대의 왕복선이 끝이 보이지 않을 정도로 길게 늘어서 있었다. 그곳에서 수많은 개척자들이 쏟아져 나와, 바닥에 그어져 있는 노란 선 쪽으로 몰려들었다. 수천 갈래의 하천이 하나의 강물로 합쳐지는 것 같은 광경이었다. 사람이 워낙 많다 보니 강의 폭이 금세 불어났다.

"통조림에 들어가는 정어리 같군."

"뭐?"

아이시스가 소리 나는 쪽으로 고개를 돌리자 지크가 서 있었다.

"우리가 꼭 통조림 속에 들어가는 정어리 같다고. 정어리가 싫으면 축사에 들어가는 가축이라고 하자. 어쨌든 답답하고 숨 막혀."

아이시스의 기분도 다르지 않았지만, 아무 대꾸도 하지 않았다. 아이시스와 가족들은 천천히 흐르는 인파의 강물에 떠밀려 앞으로 조금씩 나아갔다. 끝없이 이어지는 줄을 따라 한 걸음씩 내딛다 보니, 두 시간이 지났는데도 100미터밖에 나아가지 못했다. 그런데 갑자기 지척에서 시동을 거는 소리가 들리자 사람들이 깜짝 놀란 표정을 지었다.

"월드스페이스십이 이제 막 플랫폼을 떠나 핵융합 엔진을 가동하기 시작했습니다. 이제 지구에서 달로 넘어가 1차 가속에 들어갑니다."

아까 왕복선이 출발할 때처럼 박수와 환호성이 쏟아졌다. 그러나 예고된 장기간의 대기 상태에 지친 탓인지 열기는 아까보다 눈에 띄게 식어 있었다.

"이런 식이면 선실에 도착하는 데 며칠은 걸리겠군."

지크가 투덜거렸다. 녀석의 부모님도 옆에 와 있었다.

"왜 이렇게 전진이 더딘지 모르겠네."

지크는 아이시스가 중얼거리는 소리를 듣고는 눈을 반짝 빛냈다.

"앞으로 밀치고 가서 좀 보고 올까?"

"너한테는 규칙이 어기라고 있는 거야?"

"아무도 어기지 않는다면 규칙이 있을 필요가 없잖아?"

끝이 보이지 않는 기다림에 넌더리가 나서 그런지, 아이시스는 지크의 제안이 제법 솔깃하게 들렸다.

"선실 번호 알지?"

아이시스는 팔찌를 슬쩍 확인했다. 선실 번호가 적힌 신원 확인 팔찌였다. 팔찌에 적힌 숫자를 가만히 읽어 보았다. 56열, 15층, 808호실.

"그럼 걱정할 필요 없잖아. 왜 이렇게 앞이 꽉 막혀 있는지 한번 보고 오자는 것뿐이야. 혹시 가족을 못 찾아도 나중에 선실 번호로 찾아가면 되니까."

지크 말이 맞았다. 그들은 이미 월드스페이스십에 들어왔고, 이제 밖으로 나갈 수도 없었다. 행여 길을 잃는다 해도 어차피 6년을 지낼 곳인데……. 선실을 못 찾아갈까 봐 걱정하기엔 남아도는 게 시간이었다.

"엄마, 지크랑 저 앞으로 가서 왜 이렇게 길이 막히는지 보고 올게요. 금방 돌아올 테니까 걱정하지 마시고요."

"안 돼. 그냥 다 같이 붙어 있자. 여기에 사람이 너무 많아서 길을 잃을지도 모르잖아."

아이시스가 엄마에게 팔찌를 내밀어 보이자, 곁에 있던 아빠가 아무 말 없이 어깨를 으쓱했다. 무언의 허락이었다. 아이시스는 엄마의 뺨에 뽀뽀를 한 뒤 동생의 머리카락을 한 번 쓸어 주고는 지크와 함께 앞쪽으로 뛰어갔다. 만약 오라이언이 이 모습을 본다면 어떤 표정을 지을까? 자기를 괴롭히던 불량배와 의기투합한 걸 보고 배신감이라도 느끼려나?

사람들을 앞지르려면 노란 선 밖으로 이탈하는 수밖에 없었다. 그 모습을 보고 험악한 눈으로 노려보며 불만을 터뜨리는 사람도 있었다.

"어이! 다들 줄 서 있는 거 안 보여?"

"새치기 안 해요! 왜 막히는지만 보고 원래 자리로 돌아갈 거예요!"

앞으로 달려 나가면서 곁눈질로 슬쩍 보니, 로봇들이 대략 30미터 간격으로 서 있었다. 노란 선에서 이탈했다는 사실을 알아차리고도 왜 제지하지 않는 걸까? 두 사람은 그대로 200미터쯤 더 나아간 뒤, 사람들이 모여서 웅성거리는 모습을 보고 우뚝 멈추어 섰다. 어떤 아주머니가 재크 또래로 보이는 남자아이 손을 잡고 로봇에게 사정하고 있었다.

"얘가 지금 화장실에 가고 싶다는데 안내 좀 해 주세요. 실은 나도 급해서……."

"이제 곧 선실에 들어갈 예정입니다. 모든 선실에는 전용 화장실과 욕실이 마련되어 있으니 그때까지 대기해 주십시오. 대열로 돌아가 주시기 바랍니다."

"어휴, 무슨 말인지 못 알아들어요? 화장실이 급하다잖아요. 앞으로 6년 동안 쓸 화장실 말고, 당장 볼일 볼 수 있는 곳을 알려 달라고요!"

아이 아빠로 보이는 아저씨가 불쑥 끼어들었다.

“센서가 공격성을 감지했습니다. 저는 완력을 쓰고 싶지 않습니다만 손님이 대열로 복귀하지 않으시면 저도 어쩔 수 없습니다.”

이보다 더 확실한 협박이 있을까? 로봇은 왕복선의 스튜어디스 로봇보다 훨씬 더 무뚝뚝하고 우악스러웠다. 최신형이 아니라서 그런 걸까? 그때 엄마 손을 잡고 있던 아이가 울음을 터뜨렸다.

“엄마, 나 바지에 쉬했어…….”

아이 엄마의 눈에서 분노의 불꽃이 튀었지만, 로봇에게 대거리하는 걸 포기한 채 아이를 달래며 한 발짝 뒤로 물러섰다.

아이시스는 그 광경을 보고 있으려니 속에서 울화가 치밀었다. 이렇게 세월아 네월아 줄을 세워 놓을 거면서 화장실도 따로 준비해 두지 않은 게 도저히 납득이 되지 않았다. 사람들은 이제 서 있기도 힘든지 바닥에 아예 주저앉아 있었다. 대체 얼마나 오래 기다린 걸까? 실제로 똥오줌을 실례한 흔적이 심심치 않게 보였다. 남들이 보는 데서 용변을 볼 수밖에 없는 상황이라니……. 얼마나 창피했을까? 이런 경우가 대체 어디 있어?!

조금 더 앞으로 가자 또 한 무리의 사람들이 모여 있었다. 이번에는 몇몇이 해명을 요구하면서 소리 높여 항의 중이었고, 로봇들이 그들을 강경하게 막아서고 있었다. 어떤 아저씨가 로봇을 확 밀치자 결국 우려했던 일이 벌어지고 말았다. 로봇들이 시위대에게 전기 충격을 가했던 것이다. 끔찍한 비명과 함께 시위는 금세 진압되었다. 피도 눈물도 없는 쇳덩이들을 상대로는 도저히 승산이 없어 보였다.

그때 지크가 소곤거리며 물었다.

"너, 방금 봤어? 지원군 로봇이 나올 때 문이 잠시 열려 있던 거."

"응, 그게 왜?"

"또 이런 상황이 생기면…… 로봇이 나올 때 그 문 안으로 얼른 들어가 보자."

"야, 너 미쳤어?"

"로봇들이 우릴 어디로 데려가는지 궁금하지 않아?"

지크가 짓궂게 웃으며 앞으로 달려 나가기 시작했다. 그 애의 눈은 통로 벽면에 고정되어 있었다.

아이시스는 자기도 모르게 얼굴이 일그러졌다. 여기에 와 보니 NEP 안내서에 나와 있던 편안하고 만족스러운 여행은 순 사기처럼 느껴졌다. 기분 나쁜 예감을 떨칠 수가 없었다. 어쩌면 지크가 옳을지도 몰랐다. 기나긴 통로 끝에 뭐가 기다리고 있을까? 아이시스도 직접 확인해 보고 싶어졌다.

얼마 지나지 않아서 좋은 기회가 찾아왔다. 또 한 번 소란이 일어났던 것이다. 이번에는 아주머니 두 명이 목이 말라 죽겠으니 물을 달라고 졸랐다. 로봇들은 대열로 돌아가라는 경고만 되풀이했다. 그러나 사태가 진정되기는커녕 분노한 사람들이 하나둘 가세하면서 일이 자못 커져 버렸다. 곧이어 벽면의 문이 열리면서 로봇 두 대가 진압을 돕기 위해 튀어나왔다.

아이시스와 지크는 사람들과 로봇이 뒤엉켜 혼잡한 틈을 타서 그 문 안으로 잽싸게 돌진했다. 안으로 들어가자마자 문이 쾅 닫혔다. 드디어 잠입에 성공했다. 두 사람은 어두컴컴하고 좁은 이동로로 걸어 들어갔다. 그래도 10미터 간격으로 희미한 안전등 같은 것이 달려 있었다. 그 빛을 따라 몇 번이나 방향을 바꾸며 천장이 낮은 통로를 달리다 보니, 땅굴 속을 돌아다니는 두더지라도 된 듯한 기분이 들었다. 뉴욕의 하늘은 언제나 혼탁했지만, 적어도 자유롭다는 느낌은 있었다. 그래서인지 미로 속에 완전히 갇혀 버린 이 느낌이 매우 낯설게 느껴졌다.

그 시각, 플린은 젖 먹던 힘까지 짜내어 노를 젓고 있었다. 맨해튼의 침수 지역에서 오라이언이 가르쳐 준 길을 찾으려고 애쓰는 중이었다. 아이시스가 자기에게도 소개하지 않았던 해저드라는 친구를 오라이언에게 먼저 소개했다는 사실은 그야말로 충격이었다. 그러나 확 끓어올랐던 분노는 금세 가라앉았다. 아이시스가 죽게 생겼는데 그만 일로 앙심을 품을 때가 아니었다.

플린은 정신없이 배를 몰면서 닐 아저씨가 알아냈다는 진실을 다시 한 번 떠올렸다. 정말이지 믿을 수가 없었다. 오래전부터 언터처블이라면 이를 갈았지만, 그들이 그토록 끔찍한 짓을 저지르고 있으리라고는 상상도 하지 못했다. 인간이 얼마나 사악하고 비뚤어지면, 행운에 당첨됐다고 속여서 사람들을 대량 학살할 수 있을까? 대체 어떤 방법으로 사람들을 죽이는 거지? 플린은 두 눈을 질끈 감고서 고개를 마구 저었다. 차라리 모르는 편이 나았을 성싶었다.

그때 잔뜩 경계하는 듯이 날카로운 소리가 들려왔다.

"거기 누구야!"

플린은 소스라치게 놀라서 하마터면 노를 놓칠 뻔했다.

“아이시스가 보내서 왔어.”

“아이시스는 뉴 어스로 떠났는데?”

망을 보던 소년이 창밖으로 얼굴을 쑥 내밀었다.

“알아, 그 얘기를 하러 왔어. 당장 해저드를 만나야 해.”

보초병은 플린에게 배를 대라고 손짓하고는 자기네 우두머리에게로 안내했다.

“안녕, 플린?”

“어, 안녕. 그런데 내 이름을 어떻게 알아?”

해저드가 친근하게 말을 걸자 플린이 놀라서 말을 더듬었다.

“언제나 머리를 치렁치렁 늘어뜨리고 다니는 꺽다리 친구 얘기를 많이 들었거든. 아이시스가 네 얘기를 엄청 많이 했어.”

해저드가 플린을 정다운 눈길로 바라보았다.

“아이시스가 내 얘길 했다고?”

“친구 얘기를 하는 게 뭐 어때서?”

플린은 예상치 못한 감동으로 말을 잇지 못했다. 그는 아이시스의 마음을 얻지 못해 줄곧 괴로웠다. 하지만 해저드라는 비밀 친구에게 자주 얘기를 했던 걸 보면, 아이시스가 자신과의 우정만큼은 소중히 여겼다는 것을 느낄 수 있었다.

“아이시스가 하던 일을 네가 대신 하려고 온 거야?”

“아니, 용건은 그게 아니야. NEP 얘기를 하러 왔어.”

“우리하고는 별 상관 없는 얘기네. 내가 거둔 아이들은 대부분 호적이 없어. 법적으로는 세상에 존재하지 않기 때문에 NEP에 당첨될 일도 없지. 우리의 미래는 여기, 매일 파도에 조금씩 상해 가는 이 폐건물에 있다고."

"내 얘길 다 들으면 차라리 그게 다행이라고 생각하게 될걸……."

플린은 주위에 둘러앉아 둘의 대화를 지켜보는 아이들의 얼굴을 차례로 훑어보았다. 홀쭉한 뺨, 너저분한 흉터, 맹수같이 사나운 눈빛, 땟국물이 흐르는 얼굴……. 어두운 골목길에서 마주치면 냅다 도망가고 싶은 몰골들이었다. 아이시스는 어떻게 이 아이들을 앉혀 놓고 공부를 가르쳤을까? 그 대답은 NEP의 손아귀에서 그 애를 구한 뒤에야 들을 수 있을 터였다.

"뉴 어스 프로젝트는 사기극이야. 뉴 어스는 허상에 불과해. 실제로는 그런 행성이 있지도 않고, 거기에 도착한 개척자도 없어. NEP는 매주 백만 명의 가난뱅이들을 지구에서 제거하고 있어. 우주여행은 새빨간 거짓말이고, 뉴 어스에 가서 혜택을 받고 산다는 것도 다 거짓말이야. 당첨이 되면 그냥 모두 죽는 거지."

순간 강의실에 모여 있던 아이들이 웅성거리기 시작했다.

"조용!"

해저드가 주의를 준 뒤 플린을 매섭게 노려보았다.

"나를 유인해서 데리고 나가려고 이러는 거라면 분명히 후회하게 될 거야."

"나는 진실을 말했을 뿐이야. 이미 수억 명이 목숨을 잃었어. 그리고 이번엔 아이시스가 죽을지도 모른다고! 여기, 증거도 가지고 왔어."

플린은 닐 아저씨에게 넘겨받은 노트북을 켠 뒤, 전문가들의 계산에

근거해 아저씨가 내린 결론을 해저드에게 보여 주었다. 해저드는 눈썹을 찌푸린 채 한참 동안 자료를 들여다보았다. 이윽고 침통한 표정으로 고개를 들어 큰 소리로 외쳤다.

"플린의 말은 거짓이 아니야. 다 모여 봐!"

잠깐 사이에 거대한 강의실이 비좁을 정도로 여기저기에서 다양한 연령대의 아이들이 모여들었다. 해저드는 연단 위를 초조하게 왔다 갔다 하면서 이따금 욕설을 내뱉었다. 잠시 후, 해저드가 플린에게 질문을 던졌다.

"네가 여기에 괜히 온 건 아니겠지. 아이시스를 구할 기회가 남아 있어?"

"응, 실낱같은 기회지만."

해저드가 어두운 얼굴로 아이들 쪽을 돌아보았다.

"여기는 아이시스의 친구인 플린이라고 해. 그런데 플린이 오늘 안타까운 소식을 듣고 왔어. NEP 추첨이 다 사기극이고, 당첨된 사람들은 다 죽는대. 문제는 아이시스도 곧 그렇게 될 거라는 거지……. 나는 아이시스를 구하고 싶어. 너희가 도와줄래?"

강의실이 들썩일 정도로 어마어마한 함성이 일어났다. 아이들은 장단을 맞춰 고함을 질렀다.

"찬성! 찬성! 찬성!"

오래된 건물의 벽이 흔들렸다.

플린은 팔에 소름이 쭉 돋았다. 오라이언은 자신과 함께 싸울 군대를 원했고, 이제 그것을 가지게 된 듯했다.

새로운 지구를 위하여

오라이언은 집 문 앞에 서서 한참을 머뭇거렸다. NEP가 헛된 꿈을 팔면서 뒤로는 대량 학살을 자행한다는 사실을 아버지도 알고 있을까? 제발 그것만은 아니기를 간절히 바랐다. 아버지도 몰랐던 일이라면 어떻게든 설득해서 이 지옥의 기계를 멈추게 할 작정이었다. 그러면 당장 이번 주에만 백만 명이 목숨을 건지고, 아이시스 또한 살 수 있을 터였다.

하지만 그럴 수 있는 상황이 아니라면 플랜 B로 가는 수밖에 없었다. 이제 몇 분 후면 확실히 알게 되겠지. 오라이언은 마지막으로 작전을 한 번 더 점검한 후 집 안으로 들어섰다.

“세상에, 오라이언! 얼마나 걱정했는지 아니?”

어머니가 아들을 보고 호들갑을 떨었다.

"집에 있는 줄 알았는데, 대체 어디 갔다가 이제야 오는 거니?"

"중요한 일이 있었어요."

"들어왔으니 됐다."

아버지가 대수롭지 않다는 듯이 말했다.

"아버지, 드릴 말씀이 있어요."

아버지는 오라이언에게 소파에 앉으라고 손짓했다. 오라이언은 과외 수업에서 들었던 조언을 되새겼다.

'첫 번째 규칙, 상대보다 눈높이가 낮아지는 자세를 취하지 말 것.'

오라이언은 아버지의 손짓을 무시하고 일부러 식탁 의자에 앉았다. 그러자 아버지도 식탁으로 와서 맞은편 의자에 앉았다.

"그래, 무슨 얘기지?"

'두 번째 규칙, 본심을 너무 빨리 드러내지 말 것.'

"아버지가 저에게 얘기해 주셔야 하는데 잊고 계신 게 있잖아요."

"오라이언, 그게 무슨 말이냐? 아기가 어떻게 생기는지 얘기해 줘야 하니? 아니면 아비가 몇 살 때 처음으로 만취했는지 얘기해 줄까?"

'세 번째 규칙, 절대로 페이스를 잃지 말 것.'

"지난번에 아버지를 따라서 NEP 견학을 했잖아요."

"그래, 그때 네 바람대로 다 해 주었잖니?"

'네 번째 규칙, 절대로 상대에게 진짜 의도를 들키지 말 것. 거짓말을 해서라도 속내를 감출 것.'

"언젠가는 제가 아버지의 뒤를 이어 파커 그룹을 이끌게 될 텐데, 그러려면 저도 이제 회사의 비밀 몇 가지 정도는 알아 둘 나이가 되었다고 생각해요."

"네가 지금 무슨 말을 하는 건지 도통 모르겠구나. 네 말투도 좀 거슬리고 말이야……."

'다섯 번째 규칙, 상대가 기를 꺾으려고 할 때 절대로 약해지지 말고 세게 받아칠 것. 목표를 달성하기 위해 아첨을 하든 거짓말을 하든, 수단과 방법을 가리지 말고 상대의 감정을 자극할 것.'

"아버지는 할아버지에게 물려받은 회사를 이끌면서 언젠가는 저도 똑같이 되기를 바라시잖아요. 그러자면 저도 장차 두 분과 대등한 위치까지 올라가야겠지요. 그럴 만한 자격도 충분히 갖춰야 하겠고요. 무엇보다 저는 스스로 꽤 영리하다고 생각해요. 그러니 그에 걸맞는 대우를 받고 싶은 것뿐이에요."

"그래, 똑똑하다는 녀석이 대체 무얼 봤기에 이렇게 정색을 하는 거냐?"

"VM-523호 선체에서 얼룩을 봤어요. 눈에 잘 띄지는 않아도 O자가 분명했죠."

"나, 참! 별일을 다 보겠네. 우주선에서 얼룩 하나 봤다고 이렇게 폼을 잡아?"

"그렇고 그런 얼룩이 아니니까요. 제가 10년 전에 최초의 월드스페이스십에서 봤던 얼룩과 똑같았어요. 위치와 모양이 정확히 일치해요. 10년 전에 출발한 1호기가 벌써 지구에 돌아와 있을 리 없다는 거…… 잘 아시잖아요."

그 말에 아버지는 당황한 기색이 역력했다. 위풍당당한 지배자의 표정은 이미 사라지고 없었다.

"아주 예리한 데가 있구나. 아비는 기쁘다. 네 말대로 우리 회사의 오너가 될 사람은 여러모로 뛰어나지 않으면 안 되는데, 너에게는 그럴 만한 자질이 조금씩 엿보이는 듯해. 그래, 넌 똑똑한 녀석이지. 하지만 한 회사의 오너가 되려면 냉정함이나 실용적인 감각, 결단력도 아주 중요한 자질이야. 미란다 어머니에게서 네가 그레이들과 어울린다는 말을 들었다만……."

오라이언은 허를 찔린 듯했지만 금세 낯빛을 숨겼다. 세 번째 규칙이 방금 흔들렸다. 그저 아버지가 아무것도 눈치채지 못하고 넘어가기만을 바랐다.

"내가 아무것도 모를 거라고 생각했니? 이 세상에 네 아비가 모르는 일은 거의 없다는 사실을 기억해 둬라. 그래, 너는 월드스페이스십 선체에서 얼룩을 보고 어떻게 된 일이라고 생각했지?"

"월드스페이스십은 523대가 아니라, 단 한 대일 거라고 생각했어요."

오라이언이 잔뜩 긴장한 얼굴로 대답했다.

"그게 다냐? 인정하지. 또 무슨 생각을 했지?"

"우주선이 없다면 뉴 어스로 떠나지도 못하겠지요. 솔직히 말씀드리면 뉴 어스가 존재하는지 그 자체가 의심스러워졌습니다."

"오라이언, 뉴 어스는 존재한다. 하지만 지구에서 너무 멀기 때문에 대규모 이주가 불가능한 것뿐이다."

"그럼, 이미 지구를 떠난 개척자들은 어떻게 된 것이지요?"

"네 생각엔 어떻게 됐을 것 같니?"

오라이언은 속이 부글부글 끓어올랐다. 아버지가 눈 하나 깜짝하지 않고 그의 두려운 상상을 확인해 주는 걸 보고 있으려니 등줄기가 오싹했다. 오만 가지 감정이 뒤죽박죽으로 일어났다. 불신, 실망, 분노……, 두려움까지도. 결국 지금껏 아버지에 대해서 아무것도 몰랐던 것이다. 오라이언은 혼란스러운 감정을 내비치지 않으려고 이를 악물었다. 그런 다음 신중하게 단어를 골랐다.

'여섯 번째 규칙, 목표 달성에 도움이 되는 경우가 아닌 이상 감정을 드러내지 말 것.'

"콜래트럴 데미지(collateral damage, 군사 행동으로 인한 민간인의 피해)인가요?"

아버지가 갑자기 웃음을 터뜨렸다.

"콜래트럴 데미지라……, 그거 말이 되는군. 아주 근사한 표현이야. 오라이언, 뉴 어스 프로젝트라는 이름은 괜히 붙은 게 아니야. 지구는 죽어 가고 있어. 우리 엘리트들이 수백 년간 손을 놓고 있었기 때문이지. 공해, 기근, 전염병……, 그런 것들은 다 지구가 앓고 있는 진짜 병의 결과일 뿐이야. 그 병의 진짜 이름이 뭔지 아니? 바로 '인구 과잉'이야. 우리가 지구의 재화를 보잘것없는 자들과 왜 나눠 가져야 하지?

이미 오래전부터 우리의 지도자들은 그런 고민을 하기 시작했어. 우리의 미래는 단기적으로 돔 안에서만 가능할 거다. 하지만 인구를 조절하면 달라지겠지. 이 과정을 거꾸로 되돌려 태양의 은혜를 다시금 받을 수 있게 될 테니까. 오라이언, 내 이름은 역사에 길이 남을 거다. 이 아비는 지구에 태양을 돌려준 사람으로 기억될 거야. 인류에게 새로운 지구를 선사한 사람, 지구의 부활을 방해하는 버러지들을 싹 다 없애 준 사람으로 말이야."

오라이언은 토할 것 같았지만 꾹 참고 조금이라도 더 정보를 캐내려 애썼다.

"일주일에 백만 명만 없애면 목표를 달성하기에 충분한 건가요?"

"이건 시작일 뿐이야. 2년 후부터는 맨 처음 지구를 떠났던 월드스페이스십들이 돌아왔다고 하면 되거든. 그러면 당첨 인원을 두 배로 늘리고, 그다음에는 세 배로 늘리고……. 일주일에 오백만 명씩 우주선에 태울 계획이야. 시간이 좀 걸리겠지만 피라미드가 하루아침에 뚝딱 만들어지지는 않는 법이지. 일생이 걸릴 일이라고나 할까? 어쩌면 너와 나, 두 세대의 생을 다 바쳐야 할지도 모르지."

"아버지, 저는 오라이언 파커라는 이름이 새로운 지구의 동의어가 되도록 만들 거예요. 약속할게요."

"언젠가 너에게 이 모든 일들을 맡길 수 있을 거라 생각하긴 했지만 벌써 이렇게 어른스럽게 굴 줄은 미처 몰랐다. 하긴, 내 피가 흐르는데 어련하려고! 네 말마따나 우리는 세상을 바꿀 거야."

"한 가지 더 궁금한 게 있어요. 뉴 어스로 가는 개척자들은 어떻게 처리하세요?"

아버지의 얼굴에 잔인한 미소가 떠올랐다.

"나는 기업의 오너로서 생산 비용을 최소화하는 데 골몰해 왔어. 개척자들이 월드스페이스십에 전원 탑승한 후에 감압실을 열어 버리면 따로 뭘 하지 않아도 다 죽게 되어 있지. 뭐, 그들이 원하는 대로 우주

여행의 기회를 준다고 봐도 좋고."

"우주에서 얼어 죽는 거예요?"

"아니야, 영화에서는 가끔 그런 식으로 표현하지만 실제로는 그렇지 않아. 우주에서 진짜 문제는 추위가 아니거든. 추위는 문제 축에도 못 끼지. 태양 쪽에 있으면 온도가 120도나 되기 때문에 몸속의 모든 체액이 펄펄 끓어서 죽게 돼. 그렇게 죽는 것도 팔자가 더럽긴 하지만 최악은 아니지.

가장 괴롭고 무서운 죽음은 우주의 진공을 맞닥뜨리기도 전에 폐가 터져서 죽는 거야. 우주선 안과 밖의 기압차가 워낙 크기 때문에 감압실만 열어 놓아도 사람의 폐가 못 견디거든. 빨리 끝나서 그나마 다행이랄까, 극악의 고통을 겪게 돼. 운 좋은 자들은 조금 덜 고통스럽게 죽기도 하지. 산소 부족으로 15초 만에 의식을 잃고 송장이 되니까. 그 후에 얼음덩어리가 되는 건 다 마찬가지지만……."

오라이언은 피도 눈물도 없는 설명을 들으면서 욕지기가 치밀어 오르는 것을 초인적인 인내심으로 꾹꾹 억눌렀다.

"그럼 시신들은요? 그냥 우주에서 떠돌게 내버려 두나요?"

"혹시라도 발견되면 난리가 날 텐데 그럴 리가 있겠니? 월드스페이스십이 달 표면에 숨어 있는 거대한 분화구에다가 갖다 버리고 있어."

"분화구가 보이면 어떡하려고요?"

"파커 사의 모토는 최적화와 합리화야. 지구의 쓰레기를 소각한 재가 시체 더미를 완벽하게 덮고 있지. 아주 효율적인 방법이란다. 달을 아무리 관측해 봤자 거기에서 쓰레기를 태운다는 생각밖에 못 할걸.

어떤 의미에서는 지구의 모든 쓰레기가 한곳에서 처리되고 있는 셈이지."

"아버지……."

"왜 그러냐, 아들?"

오라이언은 입에서 튀어나오는 대로 막말을 하고 싶은 충동에 사로잡혔다. 아서 파커를 아버지라고 생각하기조차 싫었다.

'당신은 괴물이야. 내가 가만두지 않을 거야…….'

하지만 오라이언은 아직 때가 아니라는 것을 잘 알고 있었다.

'일곱 번째 규칙, 상대가 바닥에 쓰러질 때까지 기다렸다가 최후의 일격을 날릴 것.'

그는 고분고분한 미소를 지으며 다시 입을 열었다.

"아버지와 함께 축배를 들어도 될까요? 오늘 들려주신 말씀이 오래도록 기억에 남을 것 같아요."

"그거 좋지!"

잠시 후, 오라이언네 가족은 샴페인 잔을 높이 들고 큰 소리로 외쳤다.

"NEP를 위하여!"

"새로운 지구를 위하여!"

불운에 대처하는 방법

저지대에서 예상치 못한 일이 일어났다 하면 대부분 안 좋은 일이었다. 그래서 나는 의외의 사건을 경계하는 버릇이 들었다. 불운에 대처하려면 마음의 준비가 되어 있는 편이 나으니까.

"지크, 그만 돌아가는 게 좋지 않을까? 벌써 너무 많이 왔어."

"용감무쌍한 아이시스가 지금 겁을 먹은 거야?"

"그런 거 아니야. 아니, 사실 좀 겁이 나기도 해. 뭐가 나타날지 모르잖아. 우주선 안에는 출입 금지 구역도 있을 텐데……."

"그래, 여기서 돌아가도 좋아. 하지만 저기 20미터 앞에 불빛 같은 게 보이는데, 저기까지만 가 보는 게 어때?"

아이시스는 지크가 가리키는 쪽을 살핀 뒤 고개를 끄덕였다.

"좋아, 저기까지만 가 보자."

두 사람은 목표를 향해 천천히 다가갔다. 불빛이 좀 더 선명해지더니, 어느덧 바닥에서 수십 미터 높이에 있는 육교로 접어들었다. 정면에는 여러 층으로 이루어진 철제 구조물이 우뚝 서 있었고, 방금 지나온 통로와 비슷한 통로가 층마다 나 있었다. 구조물은 책에서 보았던 지난 세기의 대형 여객선을 닮아 있었다. 통로에는 일정한 간격으로 문과 작은 선창이 나 있었는데, 각기 다른 번호가 붙어 있었다.

"저게 선실이구나. 우리가 맨 먼저 선실에 도착했네?"

지크는 이렇게 외친 뒤 기쁨에 찬 얼굴로 육교 한복판에서 덩실덩실 춤을 추었다. 아이시스도 자꾸만 웃음이 새어 나왔다.

"우리, 아무 칸에나 들어가서 구경해 볼래?"

지크가 꼬드겼지만 아이시스는 고개를 저었다. 지크의 사전에는 분별력이라는 단어가 없는 것 같았다. 하긴, 사전은 고사하고 글을 읽을 줄은 아는지도 모르겠다. 두 사람은 통로를 따라가면서 문이란 문을 죄다 잡아당겨 보았다. 하지만 하나도 열리지 않았다. 문이 잠겨 있는 게 차라리 안심이 되었다. 앞으로 6년 동안 지낼 사적인 공간에 아무나 들어갈 수 있다면 왠지 달갑지 않을 듯했다. 지크는 잔뜩 실망한 표정으로 선창에다가 얼굴을 바짝 붙이고 안을 들여다보았다.

"썩은 해조 같으니! 아무것도 없잖아?"

아이시스는 지크의 말에 깜짝 놀라서 가까운 선창 너머를 가만히 들여다보았다.

"여기도 텅 비었어."

둘은 탐색을 계속했지만 어디를 봐도 마찬가지였다. 선실은 껍데기만 남은 조개처럼 속이 비어 있었다. 기본적인 세간은 물론이고 일상적인 물품이랄 게 하나도 없었다. NEP 광고에서 보았던, 선실마다 달려 있다는 큼지막한 스크린은 아무래도 단념해야 할 것 같았다. 그나저나 스크린은 둘째치고……. 왠지 모르게 슬슬 불안해지기 시작했다. 선실은 텅텅 비었고, 로봇들의 태도는 강압적이고……. 아이시스가 생각했던 월드스페이스십 안에서의 생활은 절대로 이런 게 아니었다.

"지크, 온실을 찾아봐."

아이시스는 NEP 광고 영상에서 우주선 안에 있다는 온실을 본 적이 있었다. 튼실한 수목과 잔디밭이 있는 근사한 초록빛 공간이었다. 아이시스와 지크는 나선형 계단을 따라 15미터쯤 아래로 내려갔다. 온실이 가까워질수록 점점 더 불안해졌다. 가까이 다가갈수록 그 온실이라는 곳이 수목이 울창한 녹지라기보다는 사막에 더 가깝다는 사실을 깨닫게 되었던 것이다. 잔디밭 대신에 인조 잔디가 깔려 있었다.

아이시스는 플라스틱 잔디를 손바닥으로 쓸어 보다가 화들짝 놀라서 얼른 손을 뗐다. 이 불쾌한 감촉이라니……. 인조 잔디 사이로 바짝 마르다 못해 쩍쩍 갈라진 흙이 보였다. 고개를 들자 그토록 보고 싶었던 나무들이 이파리 하나 없이 말라비틀어진 가지를 우주를 향해 절망적으로 내뻗고 있었다.

"너무 기분 나쁜 공간이야."

"무슨 일이 있었던 건지는 몰라도 정원사들이 발길을 끊은 지 오래된 것만은 확실하네."

아이시스는 지크의 농담에도 웃음을 지을 수가 없었다.

“뭐가 잘못된 거지?”

아이시스는 자기도 모르게 큰 소리로 진심을 내뱉고 말았다. 그러자 지크가 놀라서 아이시스를 빤히 바라보았다. 고생을 많이 해서 웬만한 일에는 동요하지 않을 것 같았던 녀석도 무척 심란해진 모양이었다.

“우리가 6년 동안 먹을 채소를 이곳에서 키운다고? 아무래도 매일 오렌지주스를 마시는 생활은 불가능할 것 같은데…….”

“이미 오래전에 버려진 장소 같아. 지크, 이것 좀 봐.”

아이시스가 금속 골조를 손가락으로 쓸자, 집게손가락에 곰팡이가 섞인 먼지가 시커멓게 묻어났다.

“이 우주선은 이제 막 완성된 새것이 아니라 아주 오래된 것 같아. 온실의 골조를 잘 보면 녹이 슨 데도 있어.”

지크가 의혹을 제기하자 아이시스가 눈을 크게 뜨고 물었다.

“이유가 뭐라고 생각해?”

“지구에서보다 우주에서 녹이 더 빨리 스나? 그게 아니라면 이 철제 구조물은 지어진 지 적어도 몇 년은 됐을 거야.”

아이시스는 갑자기 심장이 빨리 뛰기 시작했다. 적어도 몇 년이라니……. 아니, 그럴 리 없었다. 매주 새로운 우주선이 필요한 마당에 몇 년씩 묵은 재고가 있을 턱이 없었다. 물론 이렇게 엄청난 규모의 우주선이 금방 만들어질 거라고 생각하지는 않지만, 완성되었을 때 이미 녹이 슬어 있는 설비라니! 게다가 이 온실은 동생 재크가 태어난 후로 지금까지 물 한 방울 뿌려진 적이 없는 듯이 보였다.

아이시스와 지크는 멍한 표정으로 터덜터덜 걸어서 양쪽이 트여 있는 거대한 통로 아래까지 들어갔다. 바짝 말라붙은 골짜기 깊숙이로 들어온 듯한 기분이 들었다. 여기저기 노후된 흔적이 자꾸만 눈에 들어왔다. 고정 장치가 떨어져서 덜렁거리는 패널이라든가, 햇빛에 너무 오래 노출되어 얼룩덜룩하게 색이 변한 벽이라든가…….

지크가 아이시스의 어깨를 툭툭 치며 바닥을 보라고 가리켰다. 뽀얗게 내려앉은 먼지에 두 사람의 발자국이 뚜렷이 찍혀 있었다.

"여긴 유령 도시 같아."

아이시스는 지크의 말에 등줄기가 서늘해졌다. 그랬다, 이곳은 이미 죽은 공간이었다. 쥐 죽은 듯한 침묵이 더 섬뜩하게 느껴졌다. 저지대는 비록 우중충한 스모그에 휩싸여 있긴 했어도 산들바람에 판잣집 슬레이트 지붕이 울리는 소리, 수상 가옥들 사이로 파도가 부교에 찰싹찰싹 부딪히는 소리라도 들렸는데……. 여기는 그런 것조차 없었다. 숨 막히는 침묵뿐이었다. 아이시스는 소리를 마구 지르고 싶었다. 그냥 자기 목소리라도 고막을 울려 주기를 바랐다. 그런데 바로 그 순간, 멀리서 끔찍한 울부짖음이 들려왔다.

"들었지?"

지크가 심각한 표정으로 묻자 아이시스가 고개를 끄덕였다. 말 그대로 피가 얼어붙는 듯이 불길한 소리였다.

"뭔가 싸하지 않아? 무슨 일이 일어난 게 틀림없어. 우주선 앞쪽에서 들린 소리 맞지? 사람들이 줄 서 있던 곳……. 아무래도 탑승을 환영할 일이 아닌 것 같아."

지크의 말에 아이시스가 손으로 이마를 짚으며 중얼거렸다.

"여기까지 들어오지 말았어야 했어."

"아니, 난 그 반대라고 생각해. 우주여행이 광고에서처럼 쾌적하고 즐거운 일이 아닐 거라는 증거를 찾았잖아."

"우린 개별 선실이 아닌 대규모 강당 같은 데서 지내게 되는 걸까?"

"글쎄……, 한 가지 확실한 건 여기에서 저 많은 사람들과 부대끼면서는 난 단 한 시간도 못 산다는 거야. 하물며 6년을? 웃기지 말라고 해."

"아무래도 가족들에게로 돌아가는 편이 좋겠어."

지크가 고개를 끄덕였다.

"그래, 우리가 해 줄 얘기가 많아졌네."

아이시스와 지크는 일단 대열로 돌아갔다. 오래전부터 품었던 뉴 어스로 가는 행복한 여정이라는 꿈은 산산조각 난 지 오래였다. 아이시스는 앞으로 어떻게 살아야 할지 생각하자 답답해 죽을 지경이었다. 지구에 두고 온 것들이 떠올라 그저 울고만 싶은 심정이었다. 문득 엄마와 아직 태어나지 않은 아기가 떠올랐다. 이 우주선에서 아기를 낳아도 되는 걸까?

"아이시스?"

"응?"

골똘히 생각에 잠겨 있던 아이시스가 지크의 목소리에 고개를 번쩍 들었다.

"우리……, 문제가 생긴 것 같아."

지크가 바라보는 쪽으로 시선을 돌리자, 로봇 한 대가 눈에 들어왔다. 왕복선 계류장에서 개척자들의 대열을 감독하던 로봇과 같은 종류였다.

"어떡하지?"

"어떡하긴 뭘 어떡해? 저기 가서 '안녕하십니까? 로봇 씨, 저희가 일부러 여기에서 헤매고 있는 건 아니고요. 어쩌다 보니 길을 잃었습니다, 어쩌고저쩌고해 봐야지. 밑져야 본전이잖아? 저 로봇이 우리를 가족들에게 데려다주겠지, 뭐."

아이시스는 픽 웃고 말았다. 지크는 심각한 상황을 별것 아닌 것으로 바꾸는 재주가 있었다. 둘은 자신들을 주시하고 있는 쇳덩어리에게 천천히 다가갔다.

지크는 옛날 신사가 귀부인에게 인사하듯이 로봇을 향해 거창하게 고개를 숙이고 손을 내밀었다. 아이시스는 그 모습을 보며 또다시 웃고 말았다.

"움직이지 마라. 너희는 출입 금지 구역에 들어와 있다."

로봇이 차갑게 말했다.

"죄송해요. 길을 잃어서 그러는데, 원래 저희가 있던 자리로 안내 좀 해 주세요."

아이시스가 사정을 설명했지만 로봇은 자기 할 말만 했다.

"규칙 제42조 4항. 인간은 절대로 통로 구역과 온실 구역에 접근해선 안 된다."

"저희가 잘못한 건 아는데요. 길을 잃었다니까요? 고의가 아니었다고요."

"규칙 제42조 4항을 위반한 인간은 계류장으로 돌려보내지 않는다. 지금 즉시 제거 승인을 요청한다."

"잠깐! 이게 무슨 바보 같은 소리야, 깡통 주제에?"

지크가 잔뜩 흥분해서 외쳤다.

"우리는 뉴 어스 프로젝트에 당첨된 월드스페이스십 승객이거든? 당장 가족들에게 데려다줘."

"제거 요청이 승인되었다."

로봇이 오른팔을 펼치자 팔에 나 있던 구멍에서 지름 1센티미터쯤 되는 뾰족한 관이 튀어나와 두 아이를 겨누었다.

"망할, 저거 맞으면 죽어! 아이시스, 뛰어!"

지크가 소리를 지르면서 아이시스의 옷소매를 잡아당겼다. 두 사람은 미친 듯이 통로를 내달렸다. 로봇을 따돌리기 위해 일부러 몇 번이나 방향을 틀었다. 순간, 아이시스는 뭔가 뜨거운 바람이 옆을 스친 것 같은 느낌을 받았다. 곧 작은 금속 쪼가리들이 연기를 내면서 주위에 떨어졌다. 저 레이저를 맞았다가는 순식간에 골로 갈 게 뻔했다.

20미터쯤 달리다가 갈림길이 나오자 무작정 그쪽으로 들어갔다. 뒤돌아볼 여유까지는 없었지만 뭔가가 부산스럽게 떨어지는 소리가 나는 걸로 봐서 로봇이 계속 추격 중인 듯했다. 갈림길이 하나 더 나오자 그제야 로봇과의 거리, 아니 로봇의 레이저가 미치지 않을 만큼 거리가 좀 더 벌어졌다. 지크가 문을 하나 발견하고는 몸을 부딪쳐 힘껏 밀어 보았다. 하지만 어림도 없었다. 옆의 문 역시 꿈쩍도 하지 않았다.

"말도 안 돼! 어떻게 열리는 문이 하나도 없지?"

아이시스와 지크는 숨이 턱까지 차올랐지만 달리기를 멈출 수가 없었다. 추격 로봇이 지칠 줄 몰랐기 때문이다. 아이시스는 이 상황이 얼마나 끔찍한지 생각하지 않으려고 애를 썼다. 지금은 생각할 때가 아니라 움직여야 할 때니까.

"아이시스, 빨리 와!"

지크가 속도를 내며 외쳤다. 두 사람은 아까 보았던 여객선 같은 구조물의 메인 통로에 도착했다.

지크가 걸음을 멈추며 물었다.

"너, 원래 대열로 돌아가는 길 기억나?"

"뭐? 음……, 알 것 같아. 계단으로 다시 올라가서 아까 그 좁은 이동로로 빠지면 돼. 그런데 그걸 왜 물어?"

지크가 단호한 눈빛으로 엄숙하게 손을 들어 두 기둥 사이에 나 있는 좁은 틈을 가리켰다.

"저기에 잠시 숨어 있어. 나는 저쪽으로 뛰어갈게."

"아니, 왜……."

"이렇게 꾸물거릴 시간이 없어. 내가 너보다 빨리 뛰니까 이러는 거야. 나, 저 깡통 새끼에게 절대로 잡히지 않아. 그러니까 로봇이 나를 쫓아서 여기를 완전히 지나갈 때까지 기다렸다가 얼른 계단으로 올라가."

로봇이 쫓아오는 소리가 통로에 울리기 시작했다. 벌써 지척인 것 같았다. 아이시스는 지크가 가리킨 틈새로 쏙 들어가 숨었다. 지크가 전속력으로 도망친 지 1초도 채 지나지 않아서 로봇이 나타났다. 로봇은 아이시스가 손을 뻗으면 바로 닿을 만큼 가까이에 멈추어 서더니 지크를 조준해 레이저를 연달아 두 번 쏘았다.

지크가 기막히게 피해서 달아나는 바람에 레이저는 맞은편 벽에 구멍을 뚫는 데 그쳤다. 그런데 벽이 금속도 아니고 콘크리트도 아니었다. 합성수지 따위로 부실하게 만들어 놓은, 그러니까 보기에만 그럴싸한 구조물이었다. 마치 영화 촬영 세트장 같았다. 이곳은 애초에 사람이 살도록 하기 위해 지은 곳이 아니었다.

아이시스가 새로운 발견을 곱씹는 사이에 지크는 또 두 번이나 로봇의 사격을 절묘하게 피했다. 로봇은 안 되겠다 싶었는지 지크를 본격적으로 뒤쫓아가기 시작했다. 아이시스는 그 틈을 타서 나선 계단 쪽으로 달렸다. 계단을 한걸음에 두 칸, 세 칸씩 뛰어 올라갔다.

한 층씩 높이 올라갈 때마다 지크와 로봇의 추격전이 시야에 더 잘 들어왔다. 아이시스가 꼭대기에 거의 다다른 순간, 지크가 허벅지에 레이저를 맞고 풀썩 쓰러졌다. 아이시스는 비명이 터져 나오려는 입을 두 손으로 다급하게 틀어막았다.

"지크는 꼭 빚을 갚는다!"

지크가 로봇에게 들으라는 듯이 외쳤지만, 그것은 분명 아이시스에게 하는 말이었다. 아이시스가 있는 곳이 발각될까 봐 로봇의 주의를 분산시킨 셈이었다. 아이시스는 눈물이 앞을 가려 아무것도 볼 수가 없었다.

로봇은 인정사정없이 다시 지크를 겨냥했다. 이윽고 레이저가 지크의 가슴팍을 뚫는 순간, 아이시스는 두 눈을 감아 버렸다.

"저들이 지크를 죽였어."

아이시스는 자기가 한 말인데도 믿기지 않았다. 소리를 내지 않으려고 숨을 죽인 채 아까 지나왔던 이동로로 돌아갔다. 이곳을 지나친 지 몇 십 분밖에 지나지 않았는데, 그사이에 백 년은 흐른 것 같았다.

아이시스는 이동로에서 길을 잃지 않기 위해 정신을 똑바로 차리려고 이를 악물었다. 반드시 살아남아서 다른 사람들에게 월드스페이스십이 알맹이 없는 껍데기에 불과하다는 걸 알려야만 했다. 하지만 충격받을 일은 이게 끝이 아닐지도 모른다는 생각이 들면서 머릿속이 아뜩해졌다.

마지막 경고

아빠는 우리가 어디로 가는지 알려면 어디에서 왔는지를 알아야 한다고 했다. 역사를 아는 것이 미래를 예언하는 마법의 수정구를 손에 넣는 것이라면서. 우리의 지도자들이 어떤 결정을 내리기 전에 이 사실을 기억했더라면 좋았을 텐데…….

아이시스는 이동로를 따라 수백 미터를 걸어가면서 곰곰이 생각했다. 도대체 이 우주선에서 무슨 일이 일어나고 있는 걸까? NEP가 이 많은 사람을 뉴 어스에 보낼 게 아니라면 막대한 비용을 들여서 월드 스페이스십으로 모아들일 이유가 없지 않은가? 아이시스는 뉴 어스행이 절충안이라고 생각했지만, 아무리 생각해 봐도 말이 안 되었다.

문득 릴리 이모의 아들인 사촌 제임스 생각이 났다. 아주 어릴 때 몇 번 본 게 다라서 특별히 기억나는 건 없었다. 이모가 매년 뉴 어스에서 보낸 동영상으로만 제임스를 보았을 뿐, 둘 사이에는 아무 교류도 없었다. 최근에 본 동영상에서 제임스는 웃통을 벗고 장작을 패고 있었다. 어느새 어깨가 넓어지고 가슴팍이 떡 벌어진 건장한 청년이 되어 있었다. 그런데 그 모습이 자꾸만 눈에 밟혔다. 결코 매력적인 외모 때문은 아니었다.

갑자기 어지럽게 얽히고설킨 머릿속에서 한 줄기 빛이 떠오르더니, 전속력으로 떨어지는 혜성처럼 아이시스의 머리를 후려갈겼다.

"젠장! 왜 몰랐지?"

아이시스는 자기도 모르게 큰 소리로 외쳤다.

아주 어렸을 때, 제임스와 같이 논 적이 있었다. 그때 제임스가 철탑을 타고 올라가다가 떨어져서 크게 다치는 바람에, 등줄기를 따라 꿰맨 자국이 등에 길게 남았다. 40바늘 정도 꿰맸을 만큼 아주 크게 다쳐서 보기 싫은 흉터가 남았는데, 릴리 이모가 보낸 동영상 속 제임스의 등은 매끈했다. 흉터가 있었던 등이라고는 상상할 수도 없을 만큼…….

장작을 쪼개던 그 건장한 소년은 제임스가 아니었던 것이다. 그럼 누구지? 아이시스의 심장이 두방망이질쳤다. 동영상은 조작된 것이었다. 다른 설명은 있을 수 없었다. 그 순간, 왕복선에서 모든 승객을 스캐너로 찍고, 짧은 글을 소리 내어 읽게 한 이유를 알 것만 같았다. 가짜 동영상을 제작하려면 사람들의 신체적 특징과 음성이 필요했던 것이다.

퍼즐 조각이 하나씩 맞춰지면서 불길한 그림이 떠오르기 시작했다. 짐승처럼 아무 데나 용변을 보게 해 사람들을 욕보인 것, 6년을 살아야 할 곳이 무너지기 일보 직전의 낡은 세트장인 것, 로봇이 잘 알아보지도 않고 개척자로 뽑힌 사람을 사살하는 것…….

아이시스는 그제야 깨달았다. 계류장에 줄을 서서 기다리는 저 사람들은 승객도 아니고 미래의 개척자도 아니었다. 곧 죽을 목숨, 도살장에 끌려가는 가축들의 대열일 뿐이었다.

"우릴 다 죽일 셈이야."

그렇게 생각하자 모든 것이 분명해졌다. 등골이 오싹했다. 어서 빨리 부모님에게 알려야만 했다.

아이시스는 아까 걸어왔던 길을 서둘러 되돌아갔다. 부디 사람들에게 무사히 돌아갈 수 있기를. 너무 무서워서 다리가 후들거렸다. 좁은 이동로에서 로봇과 마주친다면 끝장이었다. 마침내 아까 들어왔던 문이 보였다. 센서가 달려 있는 모양인지 가까이 다가가자 문이 저절로 열렸다. 자기도 모르게 안도의 한숨이 새어 나왔다.

아이시스가 인파 속으로 돌아가는 동안 문이 소리 없이 닫혔다. 대열은 여전히 제자리걸음이었다. 한참 만에 돌아왔는데도 줄은 100미터 정도밖에 전진하지 못한 듯했다. 대열을 감시하는 로봇들은 여전히 강압적이었고, 분위기는 한층 더 무거워져 있었다. 아이시스는 빽빽한 인파를 헤치고 가까스로 가족들 곁으로 돌아왔다. 엄마는 딸의 얼굴만 보고도 뭔가 잘못되었다는 걸 눈치챈 듯했다.

"너, 울었니? 눈이 왜 이렇게 빨개?"

"엄마……, 나……."

대체 이 일을 어떻게 설명해야 할까? 아이시스는 머릿속이 터질 것만 같았다.

"우리 애는? 지크는 어디 가고 너 혼자 왔어?"

지크 아빠가 아이시스에게 물었다. 아이시스는 목이 메어 아무 말도 할 수가 없어서 그저 고개만 가로저었다.

"왜 그러니? 너 혼자 중간에 돌아온 거야? 하긴 그 녀석이 원래 그래. 세상 무서운 줄 모른다니까?"

"지크는 이제 못 와요."

아이시스가 흐느끼며 말했다.

"그게 무슨 소리야?"

"지크는 죽었어요."

아이시스는 지크네 가족과 자기 가족들만 들을 수 있게 목소리를 한껏 낮추어 말했다.

"지금 뭐라고 했니? 사고라도 났어? 어디 위험한 곳에라도 들어갔던 거야?"

지크 아빠의 눈에서 불꽃이 튀었다. 아이시스는 고개를 흔들며 대열을 감시하는 로봇들을 가리켰다.

"저들이 지크를 죽였어요."

"누구? 로봇들 말이냐?"

"네, 멀쩡한 사람을 그 자리에서 죽였다고요. 우리가 봐서는 안 될 것들을 봤거든요……."

지크 엄마가 충격을 이기지 못하고 털썩 주저앉으려 하자, 지크 아빠가 얼른 팔을 뻗어 부축했다. 그들의 눈빛은 황망하기 그지없었다.

"너희가 뭘 봤는데?"

아빠가 조심스럽게 물었다.

"진실을 봤어요. 뉴 어스, NEP, 월드스페이스십……, 이거 다 쇼예요. 거대한 속임수라고요."

아이시스가 가까스로 말을 끝맺고 울음을 터뜨리자 주변 사람들의 시선이 쏠렸다. 다들 기다림에 지치긴 했어도 속으로는 희망에 부풀어 있었다. 새 삶을 꾸릴 기회가 아무에게나 주어지지는 않으니까……. 그런 와중에 아이시스가 눈물을 쏟으니 당황스러울 수밖에.

아빠가 아이시스를 끌고 대열에서 살짝 벗어났다.

"아이시스, 지금 무슨 소리를 하는 거야? 너 때문에 다들 겁먹었잖아. 대체 뭘 보고 온 건지 자세히 말해 봐."

아이시스는 아빠에게 자기가 본 것들을 낱낱이 다 말했다. 처음에는 신나게 구경하러 가는 기분이었지만 기막힌 상황을 연달아 보게 되었다고. 가짜 선실, 사막처럼 메마른 온실, 녹이 슨 흔적, 간담이 서늘해지는 공포의 비명, 로봇의 추격, 지크의 죽음……. 마지막으로 릴리 이모가 보낸 동영상 속 사촌 제임스의 등에는 흉터가 없었다는 말까지 전했다.

아이시스는 아빠가 자신의 말을 심각하게 받아들이지 않을까 봐 두려웠다. 안심하라는 듯이 '괜한 걱정 하지 마.'라고 하면 어쩌지? 하지만 아빠는 누구보다 아이시스를 잘 알고, 또 굳게 믿었다. 아빠의 눈에 하염없는 슬픔이 어렸다.

아빠의 속이 문드러지고 있었다. 앞으로 무슨 일이 일어나든, 지금 막 자신을 후려친 이 압도적인 공포에서 결코 헤어나지 못할 것 같았다. 평생 처자식이 끼니를 굶지 않기만을 바라며 열심히 살았다. 돈벌이는 점점 더 시원찮고 모욕은 갈수록 심해지는 열악한 상황에서도 결코 포기하지 않았다. 술을 퍼마시지도 않았고, 정부를 욕하지도 않았다. 그저 내일은 오늘보다 나을 거라는 희망을 붙들고 꿋꿋이 버텼다.

NEP와 정부 또한 더 나은 내일을 위해서 일한다고 믿었다. 그러다가 가족이 궁지에 몰려 눈앞이 캄캄해졌을 때 비로소 뉴 어스 당첨이라는 행운이 찾아왔다. 이제 고생 끝에 낙이 올 거라고, 그동안의 고생이 보답을 받을 거라고 생각했다. NEP가 왠지 자신을 인정해 준 것만 같았다. 불평하는 대신 더 나은 내일을 위해 열심히 살자는 자신의 인생철학이 비로소 인정받은 것 같았는데……. 지금, 아이시스의 폭로로 모든 것이 박살난 셈이었다.

아이시스는 아빠가 기절할까 봐 겁이 났다. 금방이라도 쓰러질 것처럼 비틀거렸던 것이다. 그러나 아빠는 다시 몸을 꼿꼿이 세웠다.

"가자, 당장 여기에서 벗어나야지."

아이시스는 아빠의 말에 고개를 끄덕였다.

아빠가 곁에 다가가 귀에 대고 뭐라고 소곤거리자, 엄마의 눈이 금방이라도 튀어나올 것처럼 커졌다. 아이시스는 엄마가 어떻게 반응할지 걱정스러웠지만, 눈이 마주친 순간 그런 걱정은 싹 사라졌다. 엄마의 눈빛은 비장하고 결연했다.

"엄마, 나 손 아파."

재크가 칭얼댔다. 엄마가 손을 너무 꽉 잡은 모양이었다. 엄마는 서둘러 손에서 힘을 뺐다. 아이시스네 가족과 지크네 가족 사이에서 나지막하지만 다급하게 몇 마디가 오갔다. 결국 지크의 부모님도 설득이 되어 두 가족은 후들거리는 걸음으로 다른 사람들과 반대 방향으로 이동하기 시작했다. 사람들이 이상하다는 듯한 눈길을 보냈다.

"당신들 뭐야? 선실에 늦게 들어가고 싶어서 환장했어? 나야 뭐, 당신들이 굳이 뒤로 가겠다면 불만은 없지만……."

키가 2미터는 됨직한 덩치 큰 아저씨가 빈정대듯 말했다.

아빠가 난처해하며 아이시스를 돌아보았다. 말을 하지 않아도 같은 마음이라는 걸 알 수 있었다. 죽으러 가라고 이 사람들의 등을 떠밀 수는 없었다. 아무 말 없이 자신들만 도망쳐서도 안 된다는 생각이 들었던 것이다.

"우리가 들어갈 선실은 없어요. 내 딸이 보고 왔습니다. 이대로 가면 우린 다 죽어요."

덩치 큰 아저씨가 아빠를 정신병자 보듯이 했다.

"아이고, 잘됐네! 그래서 어떻게들 하시려고?"

"왕복선을 타고 돌아갈 궁리를 해 봐야죠. 너무 늦기 전에……."

덩치 큰 아저씨가 길을 터 주면서 다 들으라는 듯이 크게 외쳤다.

"하여간 미친 사람들은 어딜 가나 있어! 제정신으로 살기 힘든 세상이라서 그런가?"

아이시스네 가족과 지크네 가족은 묵묵히 반대 방향으로 걸어갔다.

역방향으로 움직이는 건 훨씬 더 수월했다. 어느덧 저만치에서 왕복선들이 보였다. 하지만 로봇 다섯 대가 보안선을 설치해 놓은 채 경비를 서고 있었다.

아빠가 큰 소리로 말을 걸었다.

"우리는 마음이 바뀌었습니다. 뉴 어스에 가고 싶지 않아요. 그냥 원래 살던 뉴욕으로 돌아가게 해 주세요."

로봇이 차갑게 대답했다.

"대열로 돌아가 주십시오."

"내 말 못 들었어요? 집으로 돌아가고 싶다고요."

"여러분은 돌아갈 수 없습니다. 뒤로 물러나세요."

로봇과 실랑이를 벌이고 있는데, 언제 따라왔는지 아까 그 덩치 큰 아저씨가 끼어들었다.

"어이, 로봇 씨! 당신 불량품이야? 여기까지 와서 돌아가겠다는 놈들도 제정신은 아니지만, 이 사람들에게 돌아가겠다고 말할 권리 정도는 있잖아!"

그러자 주위에서 사람들이 수군대기 시작했다.

"마음이 바뀐 사람들 몇 명을 돌려보내는 게 어째서 문제가 되지?"

대열이 흐트러지면서 사람들이 하나둘 모이기 시작했다.

"여러분은 돌아갈 수 없습니다. 보안선을 넘지 마십시오."

"어이, 왜 돌아가겠다는 사람들을 왕복선에 태울 수 없는지부터 설명해 봐. 아니, 어려울 게 뭐 있어? 대가리에 컴퓨터가 들었으면 어차피 지구로 갈 왕복선에 집으로 돌아가겠다는 사람을 태우는 게 어렵지 않다는 것 정도는 알 거 아니야?"

덩치 큰 아저씨가 비아냥댔다.

"뒤로 물러나십시오. 마지막 경고입니다."

아이시스는 그 모습을 보자 심장이 곧 터질 것만 같았다. 저 기계들이 어떤 짓까지 서슴지 않는지 누구보다 잘 알았기 때문이다.

"그러니까 설명을 해 달라고!"

덩치 큰 아저씨가 신경질을 내며 보안선을 넘어가는 시늉을 했다.

"우리는 이제 지구로 돌아갈 권리가 없는 거야? 아니, 설마 저 미친 놈이 아까 한 말이 진짜인가……."

"뭐라고 했는데요?"

"뉴 어스고 뭐고 다 거짓이랍디다. 여기에 있으면 다 죽는대요."

어떤 사람이 큰 소리로 묻자 덩치 큰 아저씨가 대답했다.

"무슨 개소리야!"

"별 미친 소리를 다 듣겠네!"

사람들이 여기저기에서 화를 내며 외쳤다.

"나도 개소리라고 생각했는데, 이것 좀 봐요. 이상하잖아? 왜 이 사람들을 못 돌아가게 하느냐고."

덩치 큰 아저씨가 말하자 사람들이 겁을 먹기 시작했다. 서서히 공포가 번지고 있었다.

그때 아이시스는 로봇이 팔을 펴는 것을 보고 엄마 아빠의 소맷부리를 확 잡아당겼다. 로봇이 레이저를 발사한 순간, 간발의 차이로 사정거리에서 벗어났다. 덩치 큰 아저씨가 맨 먼저 쓰러졌다. 레이저가 아저씨의 거대한 몸뚱이를 순식간에 두 동강 내 버렸다. 근처에 있던 사람들도 크고 작은 부상을 입은 채 처절하게 울부짖었다. 비명과 충격이 사방으로 퍼져 나갔다.

"로봇이 사람을 죽였다! 잔인무도하게 사람을 죽였어!"

폭동이 일어나려는 찰나, 사이보그 50여 대가 우르르 나와서 사람들을 제압하기 시작했다. 아무리 머릿수가 많아도 무기조차 없는 맨몸으로 기계들을 상대하는 것은 무리였다. 사람들은 슬금슬금 보안선 뒤로 물러났다.

그러나 개척자들의 대열에 소문이 들불처럼 번져 나가기 시작했다.

'뉴 어스는 없대. 앞으로 가면 안 돼. 이대로 있으면 다 죽는대…….'

아이시스는 아빠를 쳐다보았다. 저 보안선을 넘어 지구로 돌아가기는 그른 듯했다. 아빠가 아이시스를 꼭 끌어안고 머리를 쓰다듬었다.

"아이시스, 포기하지 말자. 포기하면 안 돼……."

위대한 계획

오라이언과 플린은 한참 전부터 전화벨이 울리기만을 기다리고 있었다. 최신형 인공 지능 로봇 스튜어디스가 가져온 폴더형 태블릿 위에 오라이언의 휴대폰이 놓여 있었다. 오라이언은 열세 살 때 자기만의 우주 왕복선을 선물받았다. 몇몇 경우를 제외하면 언제든지 자기 마음대로 이 전용선을 몰고 나갈 수 있었다. 아서 파커의 아들로 태어나서 좋은 점 중의 하나라고 해야 할까?

"오라이언 님, 목적지를 정하셨습니까? 여쭈어도 될까요?"

"좀 더 생각해 볼게."

"뭘 좀 드시겠습니까?"

"아니, 됐어. 그만 나가 봐."

스튜어디스 로봇이 진짜 사람처럼 미소를 지어 보이고는 스태프실로 물러났다.

휴대폰 벨소리가 울리자 오라이언과 플린은 서로의 얼굴을 바라보았다.

"그 친구일까?"

"그 친구 말고 누구겠어?"

오라이언은 플린에게 대답한 뒤 전화를 받았다.

"여보세요?"

"우리는 준비됐어. 그쪽은 잘되고 있어?"

해저드의 걸걸한 목소리가 휴대폰 밖으로 새어 나왔다.

"잘되어 가고말고. 메인 전원 두 군데를 끊는 대로 나에게 알려 줘."

"네가 우리에게 넘겨준 정보가 정확한 것이기를 바라."

"그건 믿어도 돼."

"좋아, 그럼 파티를 시작해 볼까?"

오라이언은 전화를 끊은 뒤 곧장 스튜어디스를 불렀다.

"멕시코로 간다. 내 친구에게 우주 엘리베이터를 보여 주고 싶어."

"알겠습니다. 목적지를 시스템에 바로 입력하겠습니다."

잠시 후, 전용선이 아무런 충격이 느껴지지 않을 만큼 부드럽게 이륙했다.

"비행 중에도 인터넷은 초고속으로 유지되지?"

"물론입니다. 최신 신호 증폭기를 설치하여 아무 불편 없이 사용하실 수 있습니다."

오라이언도 이미 알고 있는 사실이었지만 좀 더 확실히 해 두고 싶었다. 더구나 이건 아이시스를 구하는 일이 아닌가. 입술을 잘근잘근 깨물며 손목시계를 다시 한 번 들여다보았다. 시간이 쏜살같이 흘러 야속할 뿐이었다. 아이시스가 처한 위험은 알고 있었지만, 대학살까지 시간이 얼마나 걸릴지 알 수가 없어서 갑갑했다.

"성공할 수 있을까?"

플린이 오라이언의 생각을 읽기라도 한 듯이 물었다.

"어차피 우리에게 선택의 여지는 없어."

오라이언이 차갑게 대꾸했다.

한편 그 시각, 해저드는 NEP 타워에서 백 미터쯤 떨어져 있는 폐건물 옥상에서 자신의 부대원들을 바라보았다. 아이들은 이목을 끌지 않기 위해 두세 명씩 조를 짜서 일대에 흩어져 있었다. 이제 행동을 개시할 때가 된 것이다.

해저드가 호루라기를 꺼내어 불자, 여기저기에서 화답하듯이 호루라기 소리가 일어났다. 아이들이 신호를 듣고 구름 떼처럼 NEP 타워로 몰려들었다. 타워는 경비들이 지키고 있긴 했지만, 돔이나 군사 전략 요충지처럼 경계가 삼엄하지는 않았다. NEP는 미국인들에게 희망의 상징이었기에, 그곳을 공격한다는 것은 병원이나 적십자사를 공격하는 것과 비슷한 의미였기 때문이다.

NEP 타워의 보안 팀장 해롤드 쾨니그는 수백 명의 아이들이 타워 앞으로 몰려오는 광경을 보고 경악했다. 이곳에서 십 년 동안 일을 했지만 문제가 일어난 적은 단 한 번도 없었다. 어려운 일은 없고 보수는 두둑하고……. 그야말로 신의 직장이었다. 어차피 정문을 지키는 로봇들은 인간이 상대할 수 없는 살인 기계였다. 최신형 인공 지능 전투 로봇 U-12 한 대는 MP 넉 대를 너끈히 제압할 수 있었다. 설령 탱크가 밀고 들어온다 해도 그 로봇들이 가뿐히 막아 낼 터였다.

"팀장님, 로봇들이 어떻게 해야 할지 묻습니다."

보안 팀원이 물었다.

"방어 자세만 취하라고 해. 아무리 그래도 어린애들을 막 죽일 수는 없으니까."

"네, 팀장님. 지시를 전달했습니다. 공격이 발생하지 않는 한, 무기를 쓰지 않을 겁니다."

"저 아이들 모습, 줌으로 좀 당겨 봐. 저 녀석들이 지금 뭘 만들고 있는 거지? 무기를 소지하고 있나?"

"일단은 그렇지 않은 것으로 보입니다. 제가 보기에는 부랑아들 같습니다. 그런데 왜 다들 저렇게 긴 외투를 걸치고 있는지는 잘 모르겠습니다. 바깥은 굉장히 더울 텐데요."

해롤드는 화면에 얼굴을 바짝 들이밀었다. 왠지 마음 한편이 자꾸만 껄끄러웠다.

"만약의 경우를 대비해 U-12 지원병을 내보내서 로비에 대기시켜. 앞일은 모르는 거니까. 저 더러운 꼬맹이들 중에서 타워에 몰래 들어오는 놈이 생길 수도 있잖아."

"팀장님! 아이들이 로봇에게 접근하는데요?"

"치고 들어올 작정인가?"

"아뇨, U-12 앞에서 셀카를 찍고 있습니다. 포즈도 취하고, 재주도 넘고……."

"저희끼리 바보 같은 내기라도 하는 모양이군."

해롤드는 잠시 생각에 잠겼다. 뭐라고 지시를 내려야 할지 난감했다. 만약 철없는 꼬마가 U-12를 실수로라도 건드리면, 로봇은 프로그램에 따라 경고도 없이 단박에 사살해 버릴 터였다. 뉴스의 자극적인 헤드라인이 벌써 눈앞에 보이는 듯했다.

'NEP 타워 경비 로봇이 셀카 찍는 어린이를 살해하다!'

"U-12는 기능 정지 모드로 전환해."

"정지 모드요?"

"말귀를 못 알아먹어? 그래, 정지 모드!"

"지시를 전달했습니다. 저……, 팀장님?"

"또, 왜?"

"요즘은 부랑아들도 휴대폰을 들고 다니면서 셀카를 찍고 그러나요?"

해롤드는 갑자기 허를 찔린 듯한 기분이 들었다. 팀원의 말에도 일리가 있었다. 그러나 그 수수께끼를 풀기도 전에 사태가 급변하고 말았다. 타워 아래에서 폭발이 일어났던 것이다.

"U-12 1호가 망가졌습니다!"

"제기랄!"

해롤드가 감시 카메라 화면으로 다가서는 순간, 또다시 연달아 폭발이 일어났다.

"저 녀석들이 플라스틱 폭탄으로 U-12를 망가뜨리고 있습니다! 외투 속에 폭발물을 숨겨 온 모양입니다."

"어서 U-12의 정지 모드부터 풀어!"

"늦었습니다. 2호부터 4호까지 전부 고장 난 것 같습니다."

타워 보안의 최전선이 완전히 무너진 셈이었다. 해롤드는 당황한 나머지 비지땀을 흘렸다. 문제는 거기서 끝이 아니었다. 이번에는 어린 애들이 아니라 소년, 그보다 더 큰 청년들이 타워로 속속 모여들고 있었다. 마치 조금 전 U-12 최전선을 무너뜨린 꼬맹이들이 갑자기 다섯 살에서 열 살쯤 더 먹고서 돌아온 것처럼 느껴졌다. 게다가 그들은 무기를 감추지도 않았다. 연발 권총과 로켓포가 한눈에 들어왔다.

"대기 중인 U-12 부대를 공격 모드로……."

해롤드가 말을 채 끝맺기도 전에 전원이 끊어지면서 타워의 모든 조명과 전자 기기가 꺼졌다. 보안 팀은 한 치 앞도 보이지 않는 어둠 속에 갇혔다.

그 모습을 지켜보던 해저드는 흡족한 듯이 고개를 끄덕였다. 도시의 반대편 끝, 그러니까 뉴욕에 전기를 공급하는 발전소로 파견한 다른 팀이 임무를 성공적으로 수행한 것이었다. 온 도시가 삽시간에 어둠에 잠겼다.

한편, 해롤드는 지하실에서 거대한 디젤 모터가 돌아가기 시작하자 안도의 한숨을 내쉬었다. 비상 전력이 공급되면서 타워에 다시 불이 하나둘 들어왔다. 그사이에 청년 부대들은 더 가까이 와 있었다. 해롤드는 그들이 로비로 무작정 정면 돌파를 감행하지는 않을 거라는 예감이 들었다. 과연 청년들은 소그룹으로 흩어져 전략적으로 유리한 위치를 차지한 채 벽 뒤에 바짝 붙어 있었다. 잠시 후 청년 부대가 발포를 개시하자 U-12도 질세라 반격에 나섰다. 이윽고 NEP 타워 로비는 불바다가 되었고, 쉴 새 없는 폭발 때문에 건물 전체가 흔들렸다.

"팀장님, U-12 한 대가 더 손상을 입었습니다."

"돔 관할 경찰청에 당장 전화해! NEP 타워가 공격당하고 있으니 즉시 지원군을 보내라고!"

해저드는 낡아 빠진 로켓포를 어깨에 둘러멨다. 몇 년 전, 침수된 미해군 기지에서 우연히 건진 물건이었다. 탄약이 얼마 없으니 기회는 단 한 번뿐이라고 생각하면서 신중하게 목표를 조준했다. 부대원들은 U-12 공격에 총력을 기울였다. 그러나 치솟는 불길과 자욱한 연기 속에서 시야를 확보하기가 그리 쉽지 않았다.

해저드는 숨을 크게 들이마신 뒤 드디어 로켓포를 쏘았다. 포탄은 쏜살같이 연기를 가르고 날아가 파커 사의 최신형 살인 기계에 명중했다. U-12는 팔다리를 이상하게 뒤틀더니 해저드를 향해 25구경 포를 쳐들었다. 하지만 발포를 하기 전에 기능이 멈춰 그대로 정지했다. 로봇은 지지직 소리를 내며 픽 쓰러졌다.

"로비가 뚫렸다! 이제 각자 흩어져 할 일을 하자!"

해저드가 외쳤다.

첫 번째 조는 타워의 상층부를 지키러 올라갔다. 불과 몇 분 만에 모든 계단과 엘리베이터를 청년 부대가 장악했다. 그들은 아이들이 임무를 완수하는 동안 경찰 지원군이 접근하지 못하게 막아야 했다.

해저드가 직접 이끄는 두 번째 조는 서둘러 지하실로 내려갔다. 기계가 돌아가는 소리를 듣고서 타워 전체에 전력을 공급하는 발전 시설의 위치를 찾아냈다. 함선 하나를 가동하고도 남을 만큼 거대한 모터들은 흡사 괴물과도 같았다. 모터는 총 넉 대였다. 해저드가 손짓하자 조원들이 모터에 플라스틱 폭탄을 장착했다.

"이제 가자!"

해저드가 조원들을 이끌었다.

돔이 이 정도로 공격을 당하고서 가만히 있을 리는 없었다. 해저드와 아이들이 타워에서 철수하기 전에 병력이 먼저 도착한다면 무사히 빠져나가기는 틀렸다고 봐야 했다. 해저드는 부대원들이 모두 안전한 거리로 물러났는지 확인한 뒤 폭파 장치의 버튼을 힘껏 눌렀다. 쓰레기장과 고물상에서 주워 모은 재료로 만든 폭탄이긴 하지만, 제발 제대로 터져 주어야 할 텐데…….

곧이어 고막이 찢어질 것 같은 굉음과 함께 땅이 마구 흔들렸다. 마침내 버림받은 아이들의 군대가 타워에서 철수하기 시작했다. 언뜻 마구잡이로 우왕좌왕하는 듯 보였지만, 실은 추격을 따돌리기 위해 짐짓 산발적으로 움직이는 것이었다.

해저드는 불이 모두 꺼진 타워를 올려다보았다. 임무가 성공한 것이 분명했다. 걸음을 재촉해 자리를 뜨면서 휴대폰에 입력해 놓은 단축번호를 눌렀다. 벨이 두 번 울리자 오라이언이 전화를 받았다.

"어떻게 됐어?"

"성공이야. 오라이언, 이제 네 차례야. 아이시스를 무사히 데려와!"

오라이언은 전화를 끊자마자 닐 아저씨에게 받은 정보를 온라인에 올릴 채비를 했다. 다수의 인터넷 사이트는 물론이고, 뉴욕의 주요 언론사에도 빠짐없이 유포될 수 있도록 미리 준비를 해 두었다. 첫 번째 폭탄은 이미 터뜨렸다. 오라이언은 결정타가 될 두 번째 폭탄을 투하하기 전에 잠시 심호흡을 했다.

아버지가 언론의 먹잇감이 될 거라 생각하자 손가락이 키보드 위에서 잠시 멈칫했다. 그 순간 아이시스가 자신의 망설임 때문에 희생될지도 모른다는 생각이 들었다. 오라이언은 한없이 슬픈 심정으로 동영상을 실행시켰다. VM-523호의 탑승객들이 어떤 방식으로 죽게 되는지 설명하는 아버지의 모습이 담긴 동영상이었다.

오라이언은 잠시 동안 말없이 기다렸다. NEP 타워의 정보 감시반이 힘을 못 쓰게 된 게 확실할까? 또 다른 정보 감시반이 존재하지는 않을까? 5분이 지난 뒤에도 정보가 삭제되지 않은 것을 확인한 후에야 비로소 안도의 한숨을 내쉬었다. 소셜 네트워크에 댓글이 빛의 속도로 늘어났고 동영상은 삽시간에 퍼졌다. 분노와 욕설의 수위가 점점 높아지고 있었다. NEP의 몰락은 시간문제였다.

"우리, 성공한 것 같아."

오라이언이 마냥 기쁘지만은 않은 말투로 중얼거렸다.

"이런 일이 가능할 거라고는 생각도 못 했어. 그런데 너희 가족은 이제 어떻게 되는 걸까……."

플린이 분노에 찬 여론을 인터넷상에서 확인하며 말했다.

"각오한 일이야. 아버지는 늘 이렇게 말씀하셨지, 위대한 계획에는 위대한 희생이 따르는 법이라고. 그 말이 이렇게 맞아떨어질 줄은 몰랐겠지만."

오라이언의 눈에 눈물이 맺히는 걸 본 플린이 고개를 주억거리며 한마디 했다.

"아이시스를 위한 거잖아."

"그래, 이제 아이시스를 찾으러 가자."

오라이언이 결연한 목소리로 말하고는 곧장 스튜어디스를 불렀다.

"우주 엘리베이터를 타고 VM-523호로 직행한다."

스튜어디스가 눈썹을 살짝 찌푸렸다. 인간과 구분이 가지 않는 그 섬세한 표정에 오라이언은 다시 한 번 감탄하지 않을 수가 없었다. 그러나 이내 위엄 있게 명령했다.

"지시를 바로 전달해."

"죄송합니다. 오라이언 님은 우주 엘리베이터를 이용하실 수 없습니다."

플린이 당혹스러운 표정으로 오라이언을 쳐다보았다. 시간이 별로 없었다. 너무 늦기 전에 아이시스를 찾아서 구해야만 했다. 그러나 오라이언은 조금도 걱정하는 기색 없이 차분하게 말했다.

"너는 지금 인터넷 네트워크에 연결되어 있겠지?"

"네, 그렇습니다."

"NEP 정보 관리 시스템을 관장하는 인공 지능과도 연결되어 있고?"

"네, 그렇습니다. 저는 자율적으로 기능하는 최신형 커뮤니케이션 인터페이스 제품이지만 메인 AI와 항상 연결되어 있습니다."

"내가 메인 AI에게 직접 지시하겠다."

"이례적인 요청이긴 합니다만, 기술적으로는 얼마든지 가능한 일입니다."

"좋아, 연결해."

"연결되었습니다."

"아버지 말씀대로라면 네가 NEP 시스템 전체를 관장하겠군."

오라이언이 이렇게 묻자, 스튜어디스 로봇의 입에서 아까와는 다른 기계음이 나오기 시작했다.

"그렇습니다. 그러나 저는 NEP 이사회의 지시에 따릅니다."

"아버지의 지시를 따른다는 얘기군."

"네."

"인터넷에서 아서 파커와 NEP라는 키워드로 검색을 실행해 줘."

"작업이 완료되었습니다."

"그래, 다량의 정보가 나왔겠군. 인공 지능이 이 정보에서 끌어낼 수 있는 추론은?"

"NEP는 앞으로 매우 곤란한 상황에 놓일 것입니다."

"우리 아버지는?"

"법 조항과 판례를 근거로 추론한 결과, 무기 징역에 처해질 확률이 매우 높습니다."

"내 생각도 그래. 아버지가 투옥될 경우 파커 사의 대표가 될 사람은 누구지?"

"아서 C. 파커의 법적 상속인은 그의 아들 오라이언 파커입니다."

"좋아, 나도 그렇게 생각해. 너는 대단히 복잡한 분석도 가능하기 때문에 인간의 감정에 가까운 알고리즘을 생성할 수 있는 인공 지능이라고 들었다. 실제로 그래?"

"네, 그렇습니다. 인간과 동일한 방식은 아니지만 감정을 도출할 수 있습니다."

"만약 내가 너를 없애고 다른 AI를 채택한다면 어떨 것 같아?"

"오라이언 파커 님에겐 그럴 권한이 없습니다."

"아직은 그렇지. 하지만 너도 말했듯이 그렇게 될 가능성이 높잖아."

"이해할 수 없군요. 저는 제가 맡은 임무를 정확하고 엄정하게 수행하여 늘 만족스러운 결과를 냈습니다. 또한 NEP 이사회 보고서에서 AI 교체 건의가 나온 적은 한 번도 없습니다."

"지금 당장 VM-523호로 가겠다."

"오라이언 파커 님은 우주 엘리베이터를 이용하실 수 없……."

"닥쳐!"

오라이언이 호통을 쳤다.

"내가 파커 사의 대표가 될 날이 머지않았다. 분명히 말하는데, 네가 당장 내 전용선을 우주 엘리베이터로 연결하지 않으면 이사회에 참석하자마자 너부터 갈아엎겠어. 내 말 알아들었나?"

"오라이언 파커 님의 음성 분석 결과, 방금 하신 말씀은 진심인 것으로 추정됩니다."

"10초만 기다리겠다."

플린은 입을 떡 벌리고 이 초현실적인 대화를 지켜보고 있었다. 깡통에 불과하다고 생각했던 로봇이 이 정도 수준의 가상 감정을 표현할 수 있다는 사실이 놀랍고도 불편했다. 오라이언이 아니면 도대체 누가 이렇게 위험한 승부를 걸 수 있을까 싶기도 했다.

플린은 속으로 카운트다운에 들어갔다. 10, 9, 8, 7……, 인공 지능이 오라이언의 협박에 넘어갈 것 같지는 않았다. 기계가 그런 식으로 반응할 리 없지 않은가. 6, 5, 4, 3……, 이제 2초 후면 아이시스를 구하러 갈 희망은 사라지는 건가?

"오라이언 파커 님, 전용선을 곧 우주 엘리베이터에 진입시키겠습니다. VM-523호에 우선 접근하실 수 있습니다. 즐거운 비행이 되시길 바랍니다."

오라이언이 주먹을 불끈 쥐었다.

"VM-523호의 모든 로봇에 대한 지휘권도 내가 갖겠다."

"요청을 수락합니다. VM-523호에 도착하는 즉시, 월드스페이스십의 모든 시스템과 사이보그에 대한 지휘권을 행사하실 수 있습니다."

"고맙다."

"파커 님?"

"응?"

"부디 AI 교체는 삼가 주십시오."

"네가 약속을 지키면 나도 지켜."

플린은 오라이언의 어깨를 툭툭 쳤다. 오라이언의 전용선은 이미 우주 엘리베이터에 진입해 전속력으로 우주를 향해 돌진하고 있었다. 다른 왕복선들은 모두 그 앞에서 길을 양보하듯이 물러났다. 플린은 연신 감탄하며 입을 쩍 벌렸다.

"오라이언, 네가 이런 수를 쓸 줄은 몰랐어."

"나는 늘 로봇은 감정이 없기 때문에 인간보다 일을 잘하는 거라고 생각했어. 그런데 아버지가 그 반대라고 하더군. 오히려 감정 추론이 가능한 로봇이 어리석은 판단을 피하고 인간들과 원만한 관계를 맺는다나? 감정은 우리의 장점이자 약점인 거지……."

"어쨌든, 우린 운이 좋았어."

오라이언은 대답하지 않았다. 이미 아이시스 생각으로 머리가 꽉 차 있었던 것이다.

플린은 오라이언의 얼굴을 가만히 바라보았다. 이제 아이시스가 왜 이 녀석을 그렇게 각별하게 생각했는지 알 것 같았다. 오라이언 파커는 용감하고 멋있는 놈이었다. 이 소년이 세상을 바꿀 수 있는 소수의 인간 중 한 명이라는 것을 인정하지 않을 수 없었다.

악몽의 끝

아미노산이 어쩌다 반응해 분자가 되었고, 분자는 점점 더 복잡한 생물을 구성하기 시작했다. 생명은 끝없는 기적이다. 훼방과 변화와 공해와 포식자가 난무하는 세상에서도 반드시 길을 찾아내고야 만다. 생명은 모든 것을 이기고 끝내 살아남는다.

덩치 큰 아저씨가 쓰러지자 월드스페이스십에 탄 개척자들은 너나없이 절망에 빠졌다. 레이저가 절단과 동시에 그 부위를 태워 버려서 피바다가 되지 않은 게 다행이라면 다행이랄까? 그 건장한 몸이 두 동강 난 채 바닥을 뒹군 지도 벌써 몇 시간은 된 것 같았다.

로봇들은 개척자들이 무장 테러리스트라도 되는 양 철저하게 포위하고 있었다. 이제 전진을 거부하고 버티는 사람이 천 명가량 되었다.

참사의 공포가 생각보다 멀리 퍼지지는 않은 듯했다. 아무것도 모르는 앞쪽 대열의 사람들이 문제였다. 그들은 기다림에 지친 개척자가 소동을 부려서 로봇이 진압한 거라고 생각할 터였다. 월드스페이스십에 탑승한 사람들이 다 죽을 거라고는 상상도 하지 못할 것이다.

하지만 아이시스네 가족 주변에 모인 사람들은 이제 진실을 알고 있었다. 얼마 전까지 미소가 떠나지 않던 얼굴 위로 처참한 눈물이 흘러내렸다. 몸짓으로 밀담이 오갔다. 저항은 이미 싹을 틔웠다. 뭐라도 해봐야 한다는 생각이 번지고 있었다. 그러나 자기 혼자라면 서슴지 않고 몸을 던졌을 사람들이 지금은 그럴 수가 없었다. 가족, 특히 자식들이 바로 옆에 있었기 때문이다. 섣불리 움직였다가 눈에 넣어도 아프지 않을 자식이 죽을지도 몰랐다. 그래서 사람들은 속으로만 분노하고 눈을 부라리며 이를 악물었다.

그때 계류장에서 철컥거리는 소리가 연이어 들려왔다. 소리가 나는 쪽을 보니 석상처럼 꼼짝도 하지 않던 로봇들이 마치 한 몸처럼 일사분란하게 움직이기 시작했다. 아이시스는 로봇들이 일제히 사람들을 향해 레이저를 쏠지도 모른다고 생각했다. 하지만 그들의 금속팔은 딱딱한 몸체에 가만히 붙어 있었다.

사람들은 자리에서 벌떡 일어나 다가오는 로봇에게 밟히지 않으려고 도망치기 시작했다. 여기저기에서 비명이 터졌다. 다른 사람을 밀치고 도망가려다가 되레 넘어지거나, 재수 없이 떠밀려서 바닥에 엎어진 사람들이 처절하게 울부짖었다. 로봇들의 벽은 쿵, 쿵 소리를 내면서 압축 롤러처럼 사람들에게로 점점 다가왔다. 아이시스는 재크의 손을 꼭 잡고 뒷걸음질을 했다. 엄마 아빠도 곁에 바짝 붙어서 함께 움직였다. 쿵, 쿵, 쿵……. 규칙적인 리듬이 마치 죽음을 향한 카운트다운처럼 끔찍하게 들렸다.

아이시스는 계류장 옆쪽을 살펴보았다. 아까 지크와 들어간 곳처럼 수시로 여닫히는 문이 있는지 확인했지만, 모든 문은 굳게 닫혀 있었다. 게다가 로봇들이 바로 레이저를 쏠 수 있는 자세로 통로를 지키고 서 있었다. 아이시스는 지크의 희생이 헛된 것이 되어 버렸다는 생각에 가슴이 저릿해졌다. 죽음 이후에는 과연 뭐가 있을까? 천국? 지옥? 하지만 한 가지 확실한 것은 지옥은 이미 여기에 있다는 사실이었다. 대학살을 위해 설계한 이 흉측한 우주선이야말로 지옥 그 자체였다.

로봇에게 밟혀 죽는 것보다 낫다고 생각한 몇몇 사람들이 전진을 시도하며 소란을 피웠다. 하지만 아이시스는 로봇이 한 걸음 내딛을 때마다 한 걸음씩만 뒤로 물러났다. 일분일초라도 더 살고 싶었다. 마지막 순간까지 목숨을 붙들려고 안간힘을 썼다. 우리를 여기에 보낸 괴물들에게 발악하듯이, 단 한 번의 숨결이라도 저들의 예상보다는 오래 누릴 셈이었다. 양심도 없는 인간들, 제 손에 피를 묻히기는 싫어서 기계들을 앞세우다니!

죽음을 향한 행진은 착착 이루어져 결국 아이시스와 사람들은 거대한 문 앞까지 밀려났다. 로봇들은 사람들을 강철 문 앞까지 밀어붙여 놓고서 멈춰 섰다. 아이시스는 문 저편에서 비명이 들린 것 같아 가만히 귀를 기울였다. 하지만 아무 소리도 들리지 않았다.

로봇들의 규칙적인 발소리가 그치고 나자 무거운 침묵이 내려앉았다. 가족끼리 마지막 순간을 함께할 각오로 서로를 꼭 껴안고 있었다. 체념의 순간, 아빠가 바들바들 떠는 아이시스의 손을 꼭 잡아 주었다. 벽 너머에서는 불길한 바람 소리 같은 것이 들려왔다.

"저놈들이 감압실을 열 거야!"

누군가 외치자 사람들이 일제히 울부짖기 시작했다.

"맙소사, 우리를 다 우주에 내버릴 참인가!"

"제발 살려 줘!"

공포에 치를 떠는 목소리들이 쏟아졌지만 아이시스는 입을 꾹 다물고 있었다. 어차피 그 목소리를 들어 줄 사람은 아무도 없었으니까. 맨몸으로 우주에 떨어지면 어떻게 될까? 곧이어 거대한 강철 문이 음산한 소리를 내면서 열리자 운동장보다 더 큰 공간, 한꺼번에 1만 명은 들어갈 법한 공간이 나타났다. 앞쪽에 서 있었던 개척자들은 흔적조차 없었다. 거대한 공간의 반대쪽 벽에는 동그란 모양의 투명한 갑문들이 나 있었다. 아이시스는 그 투명창들이 마치 자신들을 노려보는 눈알 없는 눈구멍 같다는 생각을 했다. 투명창 너머로 회색 지표면이 보였다.

"달이야."

누군가 말했다.

그 말이 맞는지는 몰라도 그럴싸한 이야기였다. 아이시스는 자신들의 운명이 어떻게 될지 감이 잡혔다. 이제 잠시 후면 저 거대한 실린더가 작동해 바닥이 기울어지면서 사람들이 밑으로 우르르 떨어질 터였다. 개척자들을 달에 버리고 갈 셈이었던 것이다. 실린더에서 튀어나온 금속 막대에 이미 이곳을 거쳐 간 누군가의 옷이 끼어 있었다.

아이시스는 마지막 희망마저 사라졌다는 것을 인정할 수밖에 없었다. 로봇들의 벽이 다시 움직이기 시작했다. 사람들을 널찍한 공간으로 밀어 넣으려는 것이었다. 어차피 죽을 목숨이라고 생각했는지, 몇몇 사람들이 로봇에게 달려들었다. 레이저가 지지직 소리를 내며 그들의 몸뚱이를 둘로 갈랐다.

대부분의 사람들은 어쩔 수 없이 강철 문 안쪽 공간으로 떠밀려 들어갔다. 로봇들은 한 명도 빠짐없이 문 안쪽으로 들어갔는지 확인하고는, 아직도 연기가 피어오르는 시신들까지 아무렇게나 안으로 던져 넣었다. 생명이 끊어진 몸뚱이가 바닥에 부딪히는 소리가 매우 섬뜩하게 들렸다. 그 모습을 보고 어떤 사람들은 구토를 하기 시작했다.

아이시스는 자신이 이런 아수라장에서 죽을 줄은 꿈에도 몰랐다. 카리마 할머니처럼 나이를 먹고 주름이 자글자글해질 일도 없을 테지. 잠시 후, 강철 문이 스스르 닫히기 시작했다. 바야흐로 최후가 코앞이었다. 아이시스는 재크를 으스러져라 껴안고는 두 눈을 꼭 감았다. 오래 걸리지는 않을 터였다. 그저 고통스럽지 않기만을 바랄 뿐이었다.

그런데 한참이 지나도록 아무 일도 일어나지 않았다. 아이시스는 눈을 살짝 뜨고 주변을 살폈다. 괴물들이 갑자기 사람들을 집어삼키지 않기로 작정을 한 걸까? 강철 문이 끝까지 닫히지 않고 멈추어 있었다. 문짝의 아귀가 들어맞기 전에 작동이 멈춘 듯했다.

그다음에 벌어진 일은 더욱 놀라웠다. 문이 닫히기는커녕 점점 더 벌어지더니 완전히 열려 버렸다. 사람들이 웅성거리기 시작했다. 그때 멀리서 왕복선 한 대가 다가오더니 계류장의 통로를 낮게 비행해 로봇들 바로 뒤에 착륙했다. 사람들의 시선이 일제히 왕복선으로 쏠렸다. 곧이어 문이 열리고 계단이 내려오더니, 눈부신 흰색 교복 차림의 남자아이가 등장했다. 그 애의 금빛 곱슬머리를 보는 순간, 아이시스는 와락 울음을 터뜨렸다. 오라이언이었다.

왕복선에서 내린 오라이언의 그림자에 또 다른 길쭉한 실루엣이 겹쳐졌다. 플린이었다. 아이시스는 허겁지겁 인파를 헤치고 두 사람 앞으로 뛰어갔다. 충격이 차차 안도로 변하면서 어렴풋이 희망이 돌아왔다. 왕복선까지 가기도 전에 플린이 겅중겅중 뛰어와 아이시스를 번쩍 들어올려 안고는 제자리에서 빙글빙글 돌았다.

"고마워, 어떻게 된 건지 몰라도 정말 고마워! 네가 우리 목숨을 구했어!"

아이시스는 마음이 턱 놓이자 눈물이 하염없이 쏟아졌다.

"널 다시는 못 볼 줄 알았는데! 그리고 고맙다는 인사는 오라이언에게 하는 게 좋겠어."

플린이 아이시스를 땅에 내려 주면서 말했다.

아이시스는 플린을 한 번 더 안아 주고는 오라이언에게 달려갔다. 오라이언은 꼼짝도 하지 않았다. 짙어진 다크서클과 걱정이 역력한 표정만 봐도 알 수 있었다. 왕복선과 수십 대의 로봇을 등 뒤에 두고 있는데도 왠지 길 잃은 어린아이처럼 안쓰러워 보였다.

아이시스는 오라이언의 눈을 가만히 바라보았다. 서늘한 파란색인 그의 눈과 에메랄드 같은 초록색인 자신의 눈처럼, 두 사람이 살아온 삶은 완전히 달랐지만 그런 건 잠시 잊기로 했다. 아이시스는 오라이언이 내민 손을 덥석 잡았다. 여기에는 바보 같은 학칙이 없으니까.

"오라이언, 날 포기하지 않아 줘서 고마워."

"그럴 수밖에 없었어. 넌 포기가 안 되더라고."

아이시스는 오라이언을 힘껏 껴안아 주고 싶었지만 지금은 그럴 때가 아닌 듯했다.

"사람들에게 할 말이 있지?"

"응."

오라이언은 자신 없는 발걸음으로 사람들을 향해 걸어갔다. 아이시스는 성난 사람들이 오라이언에게 해코지를 하지나 않을지 불안했다. 하지만 다들 오라이언에게 다가갈 엄두를 내지 못했다.

"안녕하세요? 제 이름은 오라이언 파커입니다."

오라이언이 우렁차게 입을 열었다.

"파커 사 대표 이사이자 뉴 어스 프로젝트 명예 회장 아서 C. 파커의 아들이지요. 저는 며칠 전에 NEP의 끔찍한 진실을 알게 되었습니다. 뉴 어스는 환상에 불과하고, 지금까지 아무도 그곳에 발을 들인 적이 없다는 충격적인 진실을요. 지난 10년간 전 세계에서 5억 명 이상의 사람들이 이 우주선을 타고 저승길로 떠났습니다."

"어떻게 그런 일이!"

"살인자!"

오라이언은 사람들의 외침을 듣고는 부끄러움을 이기지 못해 표정이 일그러졌다. 그러나 자기 말을 끝까지 들어 달라는 듯 한 손을 높이 들었다.

"여러분 말씀이 맞습니다. 제 아버지는 살인자입니다. 아버지는 역사에 이름을 남기고 싶다고 했는데, 그 소원대로 된 셈이지요. 이제 아서 C. 파커라는 이름은 역사에 존재했던 수많은 독재자와 고문관 중에서도 최악의 살인마로 기억될 겁니다. 저는 아버지의 악행을 도저히 용납할 수 없었습니다. 여러분과 온 세상 사람들에게 이 자리에서 약속드리겠습니다. 파커 사의 전 재산을 마지막 한 푼까지 지구를 더 나은 곳으로 만드는 일에만 쓰겠습니다."

"번지르르한 말은 집어치워!"

"죽어라!"

사람들의 고함에 이어 쇠붙이가 부딪치는 소리가 났다. 사람들이 공격적인 태도를 보이자 파커 사의 로봇들이 반응한 것이다. 오라이언이 로봇들에게 소리쳤다.

"가만히 있어! 끼어들지 마!"

그러고는 다시 정중하게 말했다.

"기계들을 앞세우고 뒤에 숨지 않겠습니다. 저는 아버지가 아닙니다. 얼마나 치가 떨리시겠습니까? 제가 여러분 입장이어도 그럴 겁니다. 하지만 알아주십시오. 저는 오늘 인터넷에 NEP의 진실을 폭로했고, 제 아버지는 이미 체포되었습니다."

사람들이 웅성대는가 싶더니, 곧이어 어색한 침묵이 내려앉았다. 맹목적인 분노보다는 안도와 혐오가 뒤섞인 표정이 사람들의 얼굴에 떠올랐다. 그다음에는 다시 흥분이 번지기 시작했다. 다들 반쯤 미친 것 같았다. 죽을 뻔하다가 살아나서 그런 걸까? 사람들은 분노하면서도,

한편으로는 오라이언의 말을 믿고 싶어 했다.

“이제 우리는 어떻게 지구로 돌아가나요?”

아기를 품에 안은 여자가 물었다.

“곧 왕복선이 올 겁니다. 모두 지구로 돌아갈 거예요.”

오라이언의 말을 입증하듯이, 때맞춰 계류장으로 수십 대의 왕복선이 들어오는 모습이 보였다. 왕복선들은 뜨거운 바람은 뿜으면서 일사분란하게 자리를 잡았다. 생존자들은 왕복선으로 슬금슬금 이동하기 시작하더니, 자리를 못 잡을까 봐 불안한지 정신없이 달려갔다.

오라이언은 자기 앞을 지나가는 사람들 한 명 한 명과 눈을 마주치며 고개를 숙였다. 마치 그들이 자기 얼굴을 오랫동안 기억해 주기를 바라는 것처럼……. 아이시스는 오라이언 옆으로 가서 손을 잡아 주었다. 이제 자신이 그를 도울 때라는 생각이 들었던 것이다.

의심, 분노, 슬픔, 공포……. 사람들의 오만 가지 표정들이 얼마나 추악하고 끔찍한 일을 겪었는지 말해 주었다. 아이시스는 다시금 눈물이 치솟았다. 엄마와 아빠, 그리고 동생이 다가오자 목이 메어 아무 말도 할 수가 없었다. 아빠가 오라이언에게 고맙다고 말하며 손을 내밀었다. 두 사람은 한동안 서로의 손을 꼭 붙잡고 있었다.

“우린 여기에 남아 있다가 너희와 함께 왕복선을 타고 가도 될까? 아이시스와 잠시도 떨어져 있고 싶지 않아서 그래.”

“그럼요, 어려운 일도 아닌걸요.”

아빠가 묻자 오라이언이 고개를 끄덕이며 대답했다.

아이시스는 말없이 아빠의 품속으로 뛰어들었다. 악몽은 끝났다.

우리가 세상에 하고 싶은 말

아이시스네 가족은 플린과 함께 오라이언의 전용선에 올랐다. 재크는 저지대로 돌아가는 게 기쁜지 방방 뛰며 난리를 쳤다. 푹신한 좌석에 부모님과 동생이 나란히 앉는 걸 지켜보면서, 아이시스는 아직도 후들거리는 팔다리를 진정시키려 애썼다. 사형 집행장에서 갑자기 석방된 사형수의 기분이 이런 걸까? 한없이 마음이 놓이면서도 이게 꿈인가 생시인가 싶었다.

아이시스는 플린 옆에 나란히 앉았다. 플린이 구출 작전의 과정을 상세히 설명해 주었다. 아이시스는 이야기를 들을수록 자신이 구조된 게 기적이라는 생각이 들었다. 오라이언은 밖에 서서 생존자들이 마지막 한 사람까지 지구로 돌아가는 것을 지켜본 뒤, 한참이 지나서야 전용선으로 들어왔다.

"됐어, 모두 탑승했어."

전용선의 출입문이 스르르 닫히는 순간, 오라이언이 자리에 풀썩 주저앉았다. 아이시스는 벌떡 일어나 앞으로 달려갔다.

"괜찮아?"

오라이언의 눈을 본 순간, 그 애가 전혀 괜찮지 않다는 것을 알았다. 전용선으로 돌아오자마자 강하고 담대한 소년의 가면은 부서졌다.

"아이시스, 난 이제 사람들 눈을…… 다시는 못 쳐다볼 것 같아."

아이시스는 오라이언의 손을 꼭 잡아 주었다.

"다들 날 죽일 듯이 노려봤어. 나도 아버지 같은 괴물이라고 생각하는 거야……."

아이시스는 위로를 하고 싶었지만 뭐라 해 줄 말이 없었다. 사람들이 아무리 심하게 굴어도 그럴 만하다는 생각이 들었다.

"오라이언, 나도 마음이 아파."

두 사람은 한참 동안 서로의 손을 가만히 붙잡고 있었다. 그때 오라이언이 움찔 뒤로 물러났다. 선내 TV 모니터에 수갑을 찬 아서 C. 파커의 얼굴이 클로즈업되었던 것이다. 오라이언은 그 모습을 보고 눈물을 와락 쏟았다.

"살인자지만…… 내 아버지이기도 해."

"알아, 네가 한 일은 웬만한 용기가 아니고서는 결코 할 수 없는 거야. 하지만 오라이언, 앞으로는 더 많은 용기가 필요할 거야."

"난 못해. 어떤 말이나 어떤 행동으로도 내가 아서 파커의 아들이라는 사실을 바꿀 수는 없어. 난 수억 명의 무고한 사람을 피도 눈물도 없이 죽인 자의 아들이라고…….”

“그 사실은 네가 어찌할 수 없는 거야. 하지만 네 아버지의 돈을 세상을 위해 쓸 수는 있잖아!”

“아이시스, 난 못해. 내가 어떻게…….”

“오라이언, 할 수 있어! 우리가 함께하면 돼.”

아이시스는 오라이언을 꼭 안아 주었다. 오라이언은 아이시스의 진심을 느낄 수 있었다. 엄청난 위로와 따뜻한 사랑이 마음속으로 스며드는 것이 느껴졌다.

잠시 후 삐삐삐 하는 신호음이 울렸다. 오라이언은 중앙 조종대로 다가가 메시지를 확인했다. 그러고는 금세 눈이 휘둥그레졌다.

“대통령이 메시지를 보냈어. 우주 기지에서 우리를 기다리겠다는데? 나보고 기자 회견에 나오래.”

“우주 기지까지는 얼마나 걸려?”

“정확히는 모르겠어. 두 시간까지는 안 걸렸던 것 같은데.”

아이시스가 되물었다.

“그럼 두 시간 안에 기자 회견 준비를 끝내야겠네?”

“응, 우리가 세상에 하고 싶은 말을…….”

오라이언이 아이시스의 눈을 지그시 바라보았다. 아이시스는 잠시 주저하다가 이내 환히 웃으며 대답했다.

“그래, 우리가 세상에 하고 싶은 말.”

전용선 안에 있는 사람들은 저마다 정말로 중요하다고 생각하는 것들을 하나씩 이야기하기 시작했다.

"준비됐어?"

아이시스가 선창 밖을 내다보며 물었다.

최신식 카메라들이 줄지어 서 있고, 기자들만 해도 수백 명은 될 것 같았다. 방송사 드론들이 어찌나 많은지 서로 부딪치지 않고 공중에 떠 있는 것만도 신기했다. 그 아수라장 한복판에 연단이 세워져 있었다. 프로젝터 조명이 비추는 연단에서 미국 대통령이 자못 심각한 표정으로 오라이언을 기다렸다.

"준비된 거 맞겠……."

"그럼, 완벽하게 준비됐어."

아이시스는 오라이언의 말이 끝나기도 전에 딱 잘라 대답했다. 거짓말을 이렇게 자신만만하게 하는 건 처음이었다. 언터처블 떼거리를 상대할 준비? 전 세계 방송사 카메라를 상대할 준비? 그런 게 완벽하게 준비될 리가 없었다. 하지만 오라이언을 도와야 했다. 이번엔 자신이 그에게 힘이 되어 줄 차례였다.

오라이언과 아이시스는 심호흡을 한 뒤 손을 꼭 잡고 전용선에서 내렸다. 카메라 플래시가 연달아 터지면서 좌중이 들썩거렸다. 두 사람은 연단에 올라가 대통령 바로 뒤에 섰다. 눈앞에 기자들이 쫙 깔려 있었다. 저 멀리 창살 울타리 너머에도 대형 전광판을 통해 실시간 중계를 지켜보는 수천 명의 군중이 보였다. 그렇게 큰 화면에 얼굴이 나오자, 아이시스는 기분이 이상해져서 얼른 눈을 딴 데로 돌렸다.

이윽고 기자 회견이 시작되었다. 이름은 생각나지 않지만 텔레비전에서 많이 봤던 기자가 맨 먼저 따지듯이 물었다.

"대통령께서는 지금 뉴 어스 프로젝트와 관련한 소문을 모두 인정하십니까?"

"그건 소문이 아닙니다. 5억 명 이상의 무고한 죽음은 사실입니다. 인류가 자행한 최악의 학살을 얘기하려고 이 자리를 마련한 겁니다. 뉴 어스에 개척자는 한 명도 없습니다. 그래서 여러분의 질문을 받기 전에, 이 비극적인 사건으로 희생된 사람들의 명복을 비는 뜻에서 잠시 묵념의 시간을 갖고자 합니다."

좌중이 금세 조용해졌다. 바스락거리는 소리조차 들리지 않았다. 아이시스는 태풍의 눈에서 다시 몰아칠 비바람을 묵묵히 기다렸다. 오래 기다릴 필요는 없었다. 첫 질문이 다소 조심스럽게 날아왔다.

"어떻게 그런 일이 일어날 수 있었습니까?"

"다들 의아해하는 부분입니다."

대통령이 차분히 입을 열었다.

"그렇게 흉악한 일은 상상하지도 못했습니다. 아니, 누가 상상할 수 있었을까요? 모두가 뉴 어스의 기적을 믿고 싶었을 겁니다. 그러나 기적은 신기루였습니다. 미국 정부의 이름으로 모든 희생자와 유족들에게 진심 어린 애도를 바칩니다. 또한 우리 정부와 함께 이 프로젝트에 협력한 각국 정부에도 사과의 말씀을 드립니다. 그 나라들은 첨단 산업을 선도하는 파커 사를 믿었기 때문에 협력을 아끼지 않았던 겁니다. 이 비극의 진실을 낱낱이 파헤치고 끝까지 책임을 규명할 것을 약속합니다."

"오라이언 파커가 직접 자기 아버지를 고발했다는 게 사실입니까?"

"이 질문은 오라이언 파커 군이 답하겠습니다."

대통령이 자리에서 물러나자 오라이언이 조심스럽게 마이크 앞으로 다가섰다. 드론 카메라가 벌떼처럼 모여들어 연단 주위를 뱅글뱅글 돌았다. 이 장면을 모든 각도에서 빠짐없이 담아내겠다는 듯이.

"네, 사실입니다. 며칠 전에 진실을 알았고, 그때 바로 결심을 했습니다. 저는 이 잔인한 학살을 끝낼 수 있는 몇 안 되는 사람 중 하나니까요."

"어쩌다가 진실을 알게 됐습니까?"

무심코 넘기기에는 너무 화려한 스카프를 두른 기자가 질문을 했다.

"지금 제 옆에 있는 소중한 친구가 뉴 어스행에 당첨된 후로 그 프로젝트에 특별한 관심을 갖게 되었습니다. 그런데 저는 10년 전에 이 프로젝트 최초의 우주선에서 O자 모양의 얼룩을 본 기억이 있습니다. 월드스페이스십 523호의 선체에서 똑같은 얼룩을 보고서 뭔가 이상하다고 생각했습니다. 혹시 우주선이 한 대뿐인 게 아닐까, 하고요. 그렇다면 그동안 지구를 떠났다는 수백 대의 우주선은 아예 존재하지 않을 확률이 높았지요. 그래서 오랫동안 NEP를 취재했다는 기자를 만났습니다. 그분은 진실을 알아냈지만 탄압을 피해 숨어 지내고 있었습니다. 방금 질문해 주신 닐 해리스 기자님은 잘 아시겠지요. 저분이 바로 그 기자님입니다……. 기자님의 상세한 보고서는 이미 인터넷에 올렸고, 제가 덧붙일 내용은 더 이상 없습니다."

기자들은 웅성거리면서 닐 아저씨의 얼굴을 확인하기 바빴다. 대통령은 좌중이 다시 조용해지기를 기다렸다가 다시 앞으로 나섰다.

"아까도 말씀드렸듯이, 이 추악한 범죄에 연루된 자들을 모두 철저히 조사하겠습니다. 아서 파커 한 사람이 저지른 일이 아니라 공모자들이 있을 겁니다. 조만간 그들은 모두 구속될 겁니다."

"그러면 파커 사는 어떻게 되는 겁니까?"

"파커 사는 뉴 어스 프로젝트에 참여한 모든 국가에 배상 책임이 있습니다. 배상을 하고도 남는 재산이 있다면 전부 사회에 환원하겠습니다."

기자의 질문에 오라이언이 대답했다.

"사회 환원? 구체적으로 말해 보시죠? 돔을 개방이라도 할 건가요?"

빈정거림이 섞인 여자 목소리가 기자단에서 튀어나왔다. 대통령은 단호하게 고개를 저었다.

"안 됩니다, 돔은 당분간 존속되어야 합니다. 그러나 돔 밖에서도 더 나은 생활을 추구할 수 있도록 지원하겠습니다. 저는 오라이언 파커가 정부의 이러한 비전에 동참하는 방향으로 파커 사의 자산을 환원해 주기를 바랍니다."

아이시스는 자기도 모르게 대통령을 빤히 바라보았다. 저렇게 뻔뻔할 수가! 정부의 비전은 무슨……. 모두 오라이언이 기자 회견 직전에 했던 얘기인데!

오라이언은 체념한 눈빛으로 아이시스를 바라보았다. 대통령의 파렴치한 태도에 아이시스만큼 놀라지는 않은 듯했다. 아이시스는 가만히 있으라는 오라이언의 신호를 알아채고는 대통령이 그들의 생각을 가로채어서 하는 말을 그냥 듣고만 있었다.

"앞으로 파커 사가 사회에 환원하는 자금으로 학교를 설립하여 미국의 모든 6세 이상 13세 이하 어린이에게 무상 교육을 실시하겠습니다. 오직 교육만이 사회적 상승의 기회를 줄 수 있습니다. 시간이 걸리겠지만 장기적으로는 그러한 변화가 새로운 지구의 발판을 마련할 겁니다. 머나먼 행성이 아니라 우리가 사는 바로 이 행성이 뉴 어스가 될 수 있습니다. 아서 C. 파커가 약속한 것처럼 햇살이 밝게 비치는 뉴 어스를 지금 당장 약속할 수는 없습니다. 그러나 날로 심각해지는 공해 문제를 해결하기 위해 노력할 수는 있겠지요. 이 회색 세상이 조금이라도 본연의 색채를 되찾을 수 있도록……."

저 말도 다 오라이언이 했던 말이었다. 대통령은 정치적 수단인지 사기인지 모를 연설을 늘어놓다가, 문득 한계에 부딪히기라도 했는지 두 아이 쪽으로 고개를 돌렸다.

"오라이언 파커가 정부의 비전과 조치에 대해서 어떻게 생각하는지 듣겠습니다."

"고맙습니다, 대통령님. 저는 내일부터 이 자리에 함께한 아이시스 무케바의 도움을 받아 대안적 농법의 원리를 인터넷에 유포하겠습니다. 모든 시민이 자기가 먹을 채소를 직접 길러서 먹을 수 있도록 지원을 아끼지 않겠습니다."

"돔 밖에서 채소를 키운다고? 헛소리하네!"

기자가 야유를 보내자 아이시스가 직접 나섰다. 자신의 이름이 오라이언의 입에서 나온 이상, 반박을 해야겠다는 생각이 들었던 것이다.

"헛소리가 아닙니다. 제가 가진 가장 소중한 것을 걸어도 좋습니다."

아이시스는 플린과 함께 어떻게 채소를 키우고 수확했는지 설명했다. 그러자 닐 아저씨가 나섰다.

"충분히 가능한 일입니다. 예전에는 알음알음 그 방법으로 채소를 길러서 먹던 사람들이 있었어요."

뜻밖에도 고개를 끄덕거리는 사람들이 꽤 많았다. 오라이언이 흡족한 듯 다시 입을 열었다.

"교육과 식량 자급 다음으로 중요한 것은 일자리라고 생각합니다. 파커 사의 모든 공장에서 생산직 로봇을 반으로 줄이고 사람을 채용하겠습니다. 일단은 이 조치만으로도 일자리가 수백만 개는 생길 것으로 예상합니다."

오라이언의 이번 발언은 제대로 먹힌 듯했다. NEP 우주 기지 근처에 모여 있던 사람들이 고개를 끄덕이는 모습이 대형 전광판에 그대로 비쳤다. 누가 처음으로 박수를 쳤는지는 모르겠지만, 박수 소리가 점점 더 커졌다. 환호나 갈채는 아니었다. 월드스페이스십에서 희생당한 이들을 잊을 수는 없었으니까.

특히 '간발의 차'로 목숨을 건진 생존자들은 창살 울타리 너머 군중들 틈에서 여전히 의심스러운 눈으로 오라이언을 바라보았다. 하지만 모두 이 원대한 희망을, 언젠가 지구가 살 만해지리라는 꿈을 공유하고 싶어 했다. 아이시스도 눈물을 글썽이며 온 힘을 다해 손뼉을 쳤다.

위대한 미래가 오늘부터, 그리고 바로 이곳에서 시작되고 있었다. 난생처음, 세상이 바뀔지도 모른다는 생각이 들기 시작했다.

미래라는 작은 씨앗

밴 두이크는 소리 없이 침대에서 일어나 조용히 옷을 걸쳐 입었다. 아주 오랜만에 원기가 샘솟는 것을 느꼈다. 어제 받은 전화 덕분이었다. 대통령이 그에게 직접 전화를 걸어, 빈민가 어린이를 대상으로 하는 새로운 교육 프로그램을 설계해 달라고 했던 것이다.

처음에는 무슨 꿍꿍이가 있나 싶었다. 인권 운동가이자 교직에서 쫓겨난 교사에게 그런 중책을 맡긴다고? 하지만 고약한 농담이 아니었다. 대통령은 오라이언 파커의 이메일을 열어 보라는 말을 덧붙이며 전화를 끊었다. 오라이언은 밴 두이크의 이름을 대통령에게 알려 줄 만큼 그를 신뢰하고 있었던 것이다.

밴 두이크는 대통령의 제안을 수락했다. 평생토록 이 순간만을 기다리며 살아온 것만 같았다. 세상이 바뀔 기미가 보이는 순간, 특권층이 나머지 사람들을 쥐어짜지 않게 되는 순간을 말이다. 수억 명이 희생되고 나서야 이 순간이 찾아왔다. 너무나도 끔찍한 일이었지만, 그럼에도 불구하고 믿기 힘든 희망이 싹텄다. 그는 자신이 이 변화에 이바지할 수 있을 거라고는 상상도 하지 못했다. 더구나 공동 학교 기간제 교사로서 사회성 체험 학습을 도입했다는 이유로 이렇게 될 줄이야! 오라이언은 이메일에서 자신의 눈을 뜨게 해 주어서 고맙다고 했다.

상념에 잠겨 있던 밴 두이크는 아내의 목소리에 정신을 번쩍 차렸다.

"벌써 일어났어? 이 시각에 뭐 하는 거야?"

"해돋이가 보고 싶어서."

"돔에서?"

"아니, 돔 밖에서."

아내가 황당하다는 표정을 지었다.

"하늘이 늘 뿌연데 해가 보일 리 없잖아."

"뿌연 하늘도 이제 슬슬 걷힐 것 같아서 말이야."

밴 두이크는 그렇게 말한 뒤 아내의 이마에 입을 맞추었다.

그는 집을 나와 저지대 쪽으로 걸어갔다. 앞으로 모든 아이들이 다닐 학교에서는 무엇을 가르쳐야 할까? 어떤 설비가 필요할까? 어떤 교사를 뽑아야 할까? 여러 가지 생각으로 머리가 복잡했다. 그러는 사이에 벌써 돔 입구에 도착해 있었다. 아침잠 없는 사람들이 새벽부터 출입 관리 구역에 줄을 서 있었다.

밴 두이크는 눈살을 찌푸렸다. 명품 의류, 미어터질 것 같은 여행용 가방, 침통한 얼굴……. 그들은 해돋이를 보려고 일찍 일어난 사람들이 아니었다. 그는 사람들 틈바구니에서 아는 얼굴을 발견하고는 곧바로 상황을 이해했다.

미란다 베르손의 물결치는 금발이 돔 밖에서도 눈부시게 빛날 수 있을까? 그는 미란다 아버지가 NEP의 범죄에 가담한 정황이 드러나 체포되었고, 베르손 가의 재산도 모두 국가로 환수되었다는 뉴스를 보았다. 기간제 교사로 일한 기간은 짧았지만, 미란다는 정이 가지 않는 학생이었다. 그러나 지금껏 제멋대로 살던 세상이 한순간에 무너져 버린 소녀에게 일말의 연민을 느끼지 않을 수 없었다.

미란다는 고개를 푹 숙였다. 돔을 떠나야 하는 사람들의 대열에 서 있는 모습을 누구에게도 들키고 싶지 않았다. 가슴속에서 오만 감정이 얽히고설켜 잔인한 춤을 추는 것 같았다. 왠지 그 춤은 영원히 멈추지 않을 듯했다.

자신을 이런 상황에 몰아넣은 아빠가 죽도록 원망스러웠다. 그다음으로는, 같은 부류를 배신하고 자기보다 아이시스를 좋아한 오라이언도 미웠다. 사실, 온 세상이 다 미웠다. 미움과 분노에 이어 수치심이 따라왔다.

미란다가 기억하는 가장 오래된 순간부터, 사람들은 모두 자기를 부러워하거나 최소한 두려워하기라도 했다. 그러나 오늘 길에서 마주친 언터처블의 눈빛은 무시, 아니 멸시에 가까웠다. 그리고 최악은 우연히 마주친 밴 두이크 선생의 연민 어린 표정이었다. 학교에서 잘린 주제에 감히 미란다 베르손을 불쌍하게 여기다니! 최악이었다.

불과 며칠 전, 그 선생은 같잖게 굴다가 교원 자격까지 박탈당했다. 하지만 그 시절은 이제 끝났고, 베르손 가는 무일푼이 되었다. 집도, 차도, 호화스러운 세간도 없었다. 겨우 옷가지와 생필품 몇 가지만 싸서 나왔다. 아빠의 구속은 특권층의 삶이 끝났음을 의미했다. 마지막 한 푼까지 탈탈 털어도 그동안 NEP에서 횡령한 수십억 달러를 배상하기에는 모자랐다.

미란다는 이를 악물고 출입 관리 구역을 지키는 경찰관에게 신분증을 내밀었다. 경찰관이 고개를 끄덕인 뒤 미란다를 돔 밖으로 내보냈다. 그 무심한 몸짓이 미란다가 지금까지 누리던 모든 것을 박탈했다. 그 순간부터 미란다는 바깥세상의 몰락을 나 몰라라 할 수 있는 특권층이 아니었다. 이제 미란다는 빈민가에서 살아야 할 터였다. 여느 사람들처럼…….

분노와 수치심을 넘어, 전혀 새로운 감정이 일어났다. 미란다는 태어나 처음으로 두려움을 느꼈다. 손에 잡힐 듯 생생한 두려움이었다. 돔 밖에서는 도저히 못 살 것 같았다. 미란다는 인형처럼 엄마 손에 끌려갔다. 그나마 엄마는 그럭저럭 체면을 차리고 있었다. 그녀는 고개를 빳빳이 들고 자신만만하게 걸어가면서 빈민가 사람들의 시선을 정면으로 받아 냈다.

미란다 모녀는 약도 한 장만 달랑 들고 그들의 새로운 터전이 될 너저분한 골목길로 들어갔다. 주소 체계가 정확하지 않은 데다 길을 여러 번 잘못 들어서 제자리에서 빙빙 돌다 보니 몇 시간이 훌쩍 지났다.

그들을 골탕 먹이려고 일부러 길을 잘못 가르쳐 준 게 아닌가 의심스러울 지경이었다. 어쨌든 모녀는 마침내 낡아 빠진 6층짜리 건물 앞에 도착해서 무거운 가방을 내려놓았다.

"여기네."

미란다 엄마의 말을 들은 건물 수위가 입구에서 고개를 내밀었다.

"새로 온 사람?"

미란다 엄마가 고개를 끄덕였다.

"운이 좋구려. 내가 아무 때나 청소부를 새로 뽑지는 않거든."

"정말 고맙습니다."

엄마 말에 미란다가 인상을 썼다. 엄마는 딸의 심기가 불편한 것을 눈치채고 조용히 말했다.

"그런 얼굴 하지 마. 우린 돈이 없어. 이 동네에서 우리를 두 팔 벌려 환영할 거라 생각하진 않았겠지?"

미란다는 쌀쌀맞게 말대답하고 싶은 마음을 가까스로 억눌렀다.

수위가 그들을 건물 안으로 들였다.

"일층에서 지내요. 물이 불어나도 이 건물은 침수되지 않아요. 기껏해야 10센티미터, 아니 15센티미터 정도 잠기려나?"

미란다는 이 아저씨가 지금 농담을 하는 건가 싶었다. 조금도 농담으로 하는 말 같지는 않았지만.

"계단과 층계참을 돌면서 깨끗이 청소를 하면 돼요."

아저씨가 미란다를 흘깃 보고 말했다.

"애는 요강을 맡으면 되겠구먼."

"요강?"

미란다가 반문했다.

"화장실이 없으니까 요강을 쓰지. 집집마다 아침이면 문 앞에 요강을 내놓을 거야. 양동이를 들고 다니면서 내용물을 비우고……. 뭔 말인지 알지?"

미란다가 어이없다는 표정을 지으며 소리를 빽 질렀다.

"나보고 이 건물 전체를 돌면서 똥오줌을 치우라는 거야?"

"싫으면 관둬. 일하겠다는 사람은 많아."

"아뇨, 저희가 할게요."

미란다 엄마가 다급하게 나섰다.

"미란다는 아주 잘할 수 있어요. 그렇지?"

"네……."

미란다가 마지못해 대답했다.

"잘됐군. 여기, 열쇠 받아요. 미란다라고 했지? 저기 복도 끝이 내 방인데 그곳의 요강부터 치우면 돼. 양동이가 꽉 차면 골목 안쪽에 구덩이가 있으니 거기다 버려. 한 50미터만 걸어가면 돼."

미란다는 고개를 숙인 채 요강이 있는 데로 갔다. 손끝만 대려고 했지만 너무 무거워서 두 손을 다 써야만 했다. 무거운 똥오줌 양동이를 들고 구역질 나는 악취를 풍기면서 골목으로 나가자 자신이 한없이 초라하게 느껴졌다. 미란다는 이제 그레이로 살아야 한다는 것을, 그게 어떤 의미인지를 차츰 알 것 같았다. 눈물이 났지만 수위 아저씨에게 들은 대로 일을 해내려 애썼다.

"잘 왔어."

미란다는 고개를 번쩍 들었다. 플린이 알 수 없는 표정으로 미란다를 내려다보고 있었다. 미란다는 한숨이 푹 나왔다. 뉴욕에 사는 빈민이 수백만 명인데 하필이면 제일 마주치고 싶지 않은 녀석과 여기서 만나다니…….

"우연히 만난 거 맞지?"

미란다가 빈정댔다.

"아닌데? 네가 오늘 돔에서 나왔다는 소식을 들었어. 이 길로 쭉 가면 우리 동네야. 솔직히 네 꼴을 보고 싶어서 왔어. 뭐, 소심한 복수라고나 할까……."

"그래서? 이제 만족해?"

플린은 잠시 뜸을 들였다가 대답했다.

"아니, 놀랍게도 기분이 별로야. 똥오줌 양동이를 들고 이 거리에 서 있는 너를 보면 되게 통쾌할 줄 알았는데……. 전혀 그렇지가 않아. 결국 아이시스가 옳았다는 생각이 들어. 걔는 언터처블의 풍족한 삶을 빼앗는 것보다 우리처럼 비참하게 살아가는 사람이 앞으로 더 생기지 않는 게 중요하다고 했거든. 뭐, 어쨌든 날 따라와. 그거 어디다 버려야 하는지 가르쳐 줄게……."

카리마 할머니는 그곳에서 조금 떨어진 자신의 움막 앞에 앉아 그 광경을 지켜보고 있었다. 할머니는 귀가 잘 들리지 않았지만 시력은 한창때처럼 좋았다. 평소에도 낮이면 움막 앞을 지키고 앉아서 사람들을 하염없이 구경하곤 했다. 방금 본 장면이 아이시스가 심은 씨앗이 장차 아름다운 꽃을 피우게 될 거라는 증표처럼 느껴졌다. 언젠가는 플린이 저 언터처블 소녀를 돕게 될 거라고 믿어도 되려나?

카리마 할머니는 빈민가 여성으로서는 믿기지 않을 만큼 오래 살았다. 그녀는 이 움막 앞에서 참으로 많은 인생을 지켜보았다. 그러나 지금처럼 벅찬 희망을 느껴 본 적은 한 번도 없었다. 자신의 기나긴 인생에서 삶을 현재가 아니라 미래와 연결할 수 있는 세대를 본 것은 이번이 처음이었다. 자신이 성장을 지켜본 이 아이들이 좀 더 공정한 사회의 싹을 틔울 수 있을지 궁금했다.

카리마 할머니는 어릴 적에 할아버지에게 들었던 아메리카 인디언 속담이 기억났다.

"우리는 지구를 조상들에게 물려받은 게 아니라 후손들에게 빌려 쓰는 것이다."

이것이 할머니가 움막 앞에서 쪼글쪼글한 얼굴에 미소를 띤 채 영원한 침묵에 들기 전에 마지막으로 떠올린 생각이었다.

뉴 어스 프로젝트

첫판 1쇄 펴낸날 2020년 6월 8일
9쇄 펴낸날 2023년 11월 22일

지은이 다비드 무아테 **옮긴이** 이세진
펴낸이 박창희
편집 백다혜 **디자인** 김선미
마케팅 박진호 임선주 **회계** 양여진

펴낸곳 (주)라임
출판등록 2013년 8월 8일 제 2013-000091호
주소 경기도 파주시 심학산로 10, 우편번호 10881
전화 031) 955-9020, 9021 **팩스** 031) 955-9022
이메일 lime@limebook.co.kr **인스타그램** @lime_pub
홈페이지 www.prunsoop.co.kr

ISBN 979-11-89208-48-6 44860
979-11-951893-0-4 (세트)